マイ・ガーディアン

李丘那岐

幻冬舎ルチル文庫

CONTENTS ✦目次✦

マイ・ガーディアン

マイ・ガーディアン……5
あとがき……280

✦カバーデザイン＝渡邊淳子
✦ブックデザイン＝まるか工房

イラスト・やしきゆかり✦

マイ・ガーディアン

◇◆◇

「先生、さよーならー」

夕焼け色に染まる校庭を、男の子の兄弟が仲良く手をつないで帰っていく。兄はニコリともせずに頭だけを下げ、小さな弟は頬《ほお》をピンクに染めて無邪気に手を振った。

「気をつけて帰れよー」

高槻春也《たかつきはるや》は腰高の鉄棒に寄りかかり、二人に笑顔で手を振り返した。

校庭でサッカーボールを追いかけている子どもたちから弟を庇《かば》うように、兄はつなぐ手を変え、弟はそんなことには気づかぬ様子でなにやら熱心に兄を見上げて話しかけている。

夕暮れ時の校庭というのはなんとなくもの悲しげな空気が漂うものだが、その光景は微笑《ほほえ》ましく、寒さに凍える体の中に優しい火を灯《とも》してくれた。

――もしかしたら、自分たちもあんな感じだっただろうか。

春也は思い出すようにメガネの奥の琥珀《こはく》色の瞳を細めたが、やがて静かに首を横に振った。違う。

手なんてつないだことはない。見上げるほどの身長差も年の差もなかった。そもそも兄弟ではないし、二人きりで帰るということもあまりなかった。

共通するところがあるとするならば、夕暮れ時にいつも一緒に帰っていたことと――親がないこと。帰る先が児童養護施設で、大人っぽいのとガキっぽいのという組み合わせ、だろうか。

図書室から出てきたあいつが「帰るぞ」と声をかけてくるのを、いつも校庭で友達とボールを蹴《け》りながら待っていた。あいつは必ず施設の門限にきっちり間に合う時間にやってきた。個々に自分の家に帰っていく友達が羨《うらや》ましかったけれど、あいつや他の数人と一緒に同じ家に帰れることが嬉《うれ》しくもあった。

――あの頃《ころ》は、なんにも考えずにあいつの隣にいることができた……。

幸と不幸が混在する子ども時代。

春也がぼんやり物思いに耽《ふけ》っているうちに周囲はどんどん暗くなり、この寒空の下で元気にボールを蹴っていた子どもたちも家路につき始めていた。

「じゃあねー先生」

「バイバーイ！」

教師にする挨拶《あいさつ》として適当ではないだろうが、春也は咎《とが》めることなく手を振った。わざわざ遠いところから大声で挨拶をよこす、その気持ちが大切だと思うから。

年嵩《としかさ》の先生には「子どものご機嫌取りだ」「舐《な》められている」などとお小言も買うが、春也なりに締めるべきところは締めているつもりだった。

もちろん、子どもに好かれたいという気持ちがないわけではない。

でも子どもたちは、無知ではあってても馬鹿《ばか》ではないのだ。心の裏を見抜く力はきっと大人より鋭い。人を見る目はなくとも、敏感に感じる心がある。

大人の目には、春也の威厳とは縁遠い優しい面立ちが、頼りなく見えてしまうのかもしれないけれど。

琥珀色のアーモンドアイズとふっくらした薄紅色の唇は中性的で、キリリとした眉《まゆ》としっかり通った鼻筋がそこに男っぽさを加えてはいるが、威圧感を与えるほどのものではない。左の目元にある泣きぼくろは色っぽいアイテムにもなりえるはずだが、顔の半分ほどを覆っているような無骨な黒縁メガネにその存在をかき消されていた。

おしゃれよりも清潔感を重視した無難な髪型、スレンダーな体に無個性なスーツ。キャメルのコートは教師就任一年目に買ってから五年間、着倒している。

地味で真面目《まじめ》で優しそうな先生。見た目の印象はそんなところだろうか。

その時、すっかり人気《ひとけ》のなくなった校庭を強い風が吹き抜けた。春也はコートごと自分の体をギュッと抱きしめる。

しっかりと抱きしめても自分という存在は心許《こころもと》ないものだった。細身だとかそういうことではなく、スカスカしている気がするのだ。大地を踏みしめる重量感が足りない。存在が半透明に透けているような気がするのは、もう小さい頃からのことだった。

――根無し草の浮遊感――同じような境遇に育った親友はこの感覚をそう表現した。

なるほど、と思う。

「根」というのは、親であり家族であり家なのだろう。生きていく基盤。基礎。

両親を早くに失い、高校までを児童養護施設で育った。苦学して大学を出、ずっと夢見ていた小学校の教師になったのだけれど――。

それでもいまだ浮遊感は消えず、足りないものを求めてもがいている。必死になってもがきながらも、自分のところに百点満点の幸せはやってこないのだという諦《あきら》めが心の奥深いところにあった。必死になって頑張って、やっと平均点が得られるかどうかなのだ、自分は。

もうこの歳《とし》で親がないも家族がないも関係ないと思うけれど、子どもの頃に身に染みついた感覚はいつまで経《た》っても消えてくれなかった。

子ども時代というのは本当に大事なものなのだ。本当に――。

「先生」

ひとりの少年が春也に近づいてきて声をかけた。

もう校庭に他の子どもの姿はない。もしかしたら、そうなるのを待っていたのかもしれない……と、少年の沈んだ表情を見て春也は思った。

「どうした？　伊丹《いたみ》」

春也は腰をかがめ、目の高さを近づけて笑みを浮かべる。

少年は春也が受け持つ六年二組の生徒だ。

最近、この子に元気がないことには気づいていた。普段はしっかりした子で学級委員もしている優等生なのだが、最近は授業中も上の空という感じで、クラスの子とつまらないことで口論になったりしていた。

「先生、あのさ……」

伊丹が勝ち気そうな瞳に不安の色を浮かべて上目遣いに春也を見る。

「ん？」

春也は笑顔のまま、じっと次の言葉を待った。

「大人になったら人を騙《だま》してもいいの？」

「騙す？　どういうこと？」

子どもの口から突きつけられた重い言葉に驚いて、詳しい説明を求める。

「……お父さんが、騙されたんだ。それで、店は潰《つぶ》れちゃったし、家も立ち退《の》かなくちゃならなくなりそうで……。でも、お父さんは騙されたのに、周りの大人はみんな騙されたお父さんが悪いって言うんだ。騙した人は悪くないの？　大人になったら人を騙してもいいの？」

真っ直《す》ぐな瞳が胸に痛かった。

たぶん、伊丹の父親は詐欺にあったのだろう。自分の生徒がそんな重大な問題を抱えていることにまったく気づかなかった自分を不甲斐《ふがい》なく思う。

「人を騙していいわけがない。大人でも、子どもでも」

誠実に言葉を返した。

「でも、でも……」

じゃあ、なんで？　どうして？　言葉にならない気持ちが苦しげな表情から伝わってくる。

「伊丹はお父さんが好き？」

春也の問いに、小さな口をへの字に結んで少年は大きく頷《うなず》いた。

「もし、お父さんが人を騙すような人だったら、好きでいられるかな」

への字口を突き出して考え込む顔になったが、

「お父さんは絶対そんなことしない。そんなお父さんは嫌だ」

はっきりと断言した。

「だよね。伊丹は間違ってないと思うよ。きっとお父さんが悪いって言う人たちは、お父さんのことが好きだから騙されちゃったことが悔しくてしょうがないんだ。騙した人が悪くないなんて誰も思ってないよ」

「でも、お金は返ってこないんだよ。家まで持っていかれちゃうんだ。裁判してもたぶん負けるだろうって」

　裁判と聞いて、春也の脳裏にひとりの男の顔が思い浮かんだ。真実を見据える真っ黒な瞳と、甘えを許さない鋭い面差しが。

「法律は人の心とは違って融通のきかないただの文書だから。公平さが人の良心に適《かな》わないこともある。裁きたくても裁けないことがあるんだ……」

　この言葉はその男の受け売りだ。

「とても辛《つら》いし悔しいことだけど。でも、伊丹の心がお父さんは悪くないと思うなら、誰がなんと言おうとそれでいいと先生は思う。……伊丹はお父さんの味方になってあげられるかな」

　伊丹は納得できないという顔をしていたけど、最後の言葉には大きく頷いた。

「うん。ぼくがお父さんを護《まも》ってあげる」

　その瞳に少しだけ輝きが戻ってきたことが嬉しかった。

「でも、なにかあったら、必ず先生に言うんだよ」

　言葉で元気づけてやる以外なにもしてあげられない。申し訳ない気持ちで伊丹の頭を撫《な》でた。

「うん」

　伊丹は大きな声で返事すると、すっかり暗くなった校庭を駆けていった。

伊丹にとって大変なのはこれからだろう。やってくるであろう試練を未然に防いでやる力なんて、自分にはない。

だけど——。

「自分を不幸だと憐《あわ》れむのは負け犬のやることだ」

同じ屋根の下で十年近く一緒に育った男はそう言った。自ら進んで負け犬になってやる気はない、と黒く鋭い瞳で宙を睨《にら》みつけた。

なにものにも怯《ひる》まないその瞳に何度救われたことだろう。試練ばかりだった日々をいじけずにやってこられたのは、あいつがそばにいたからだ。

伊丹にもそんな家族がいればいいと願う。試練を推進力に変える、そんな力を持つ人間が。もし周りにそういう人間がいない子どもがいたならば、自分がなってあげたい……それが春也が学校の先生になった動機のひとつだ。

——あいつのように……は無理でも。自分なりに、できるだけ。

春也はかけていた黒縁メガネを外し、大事なものを見つめる目でそれをじっと見つめた。

今はもう売られていないかもしれない無骨な黒縁メガネ。

買ったのはもう十年以上も前のことだ。高校生が買う物としては当時だってもちろんセンスを疑われる代物だった。

たぶん、冗談か嫌がらせのつもりでこれを勧めた本人も、買うと言った春也に驚いた顔を向けた。いつも不機嫌そうだったその鋭い瞳が、唖然《あぜん》としたように丸くなったのを今でもよく覚えている。

それでも彼は春也がそれを買うのを止めはしなかった。「それもいいかもな」と、一言言ったのみ。

なにが「いいかもな」なのかは訊《き》かなかった。おまえのことなんかどうでもいいのだと言われるのが恐くて。

彼のことを考えると、それがどんなに冷たい表情であっても少しだけ気持ちが温かくなる。

春也はメガネをかけ直し、その黒い縁をそっと撫でた。

そうするととても気持ちが落ち着くのだ。いつの間にかそれは癖になってしまっていた。

子どもたちには、ダサイとか、オヤジとか、鈍くさく見えるとか散々な言われようだし、友人たちにはすべての魅力を吸い取る魔法のメガネ、などと言われてしまう代物なのだけど。

このメガネはもう切り離せない春也の体の一部なのだ。

学生時代も社会人になってからも、いろんな人にメガネを変えるよう勧められたし、なかには買ってくれるなんていう親切な人もいたのだが、どうしてもこれだけは譲れなかった。

「あー、高槻せんせー！　なにやってるんですか、遅れちゃいますよーっ」

突然、無人の校庭に女性の甘い声が響いた。声がした方を振り返れば、校舎の窓から顔を出して手を振っている女性がひとり。それは春也と同じ六年生の担任をしている女性教師だった。

「ああ、そうだった……」

今日は教頭主催の新年会の日だった。思い出して溜《た》め息をつく。

飲めないわけではないのだけど、飲み会というものがどうも好きになれない。特に学校全体のそれでは、酔うと必ず体に触れてくる教頭の相手が苦痛で苦痛でしょうがなかった。そして、やたらと気を遣って食べ物など取り分けてくれる女性の相手もあまり得意ではなく。

しかし人の好意をそでにして我を通すことができるような性格でもなかった。

そもそも二十七歳のいい歳した大人が、大人の付き合いが苦手なんてことも言っていられない。

「はーい、すぐに行きまーす」

笑顔をつくって手を振り返す。

女性が立ち去るのを見送り、春也はまたしばらく校庭を見つめていた。


席はくじ引きにしましょうか、などという学年主任の提案を、適当でいいですよー、と一《いっ》蹴《しゅう》し、春也の腕をとって強引に隣に座らせたのは先ほどの甘い声の女性教師だった。

顔もかわいく家庭的な雰囲気で子どもたちにも人気がある彼女は、当然のように男性にも人気がある。しかし彼女の狙《ねら》いが春也であることは、誰の目にもあからさまにわかりやすかった。

上目遣いで下から覗《のぞ》き込んでくるその顔を見れば、鈍いと言われる春也にだってそれはわかる。

以前には、彼女となら幸せな家庭が築けるかもしれない……そう思ったこともあった。小さい頃夢見ていた、子だくさんのにぎやかな家庭を。

子どもの頃、自分の元に幸せがやってこないのは、家庭がないせいなのだと思っていた。それなら、結婚して子どもを持てば自分だって幸せになれるのかもしれない……と思い当たって結婚を夢見た。

将来の夢は？　と訊かれれば、「学校の先生」と答えていたけれど、隠れた夢は「お父さんになること」だった。女の子が「お嫁さんになる」というのは微笑ましいが、男の子の夢が「お父さんになる」というのはなんとなく格好悪いし、大人たちの受けもよくないとわかっていたので堂々と口にすることはなかったけれど。

その夢を知っていたのは、ごく少数の信頼する友達……というか、そう呼んでいいのであれば「家族」だけだった。同じ施設で育った兄弟たち。彼らなら自分の気持ちをわかってくれると思ったから。本当に彼らは、耳にタコができるほど聞かされたはずだ。

「俺は早く結婚してお父さんになるんだ！」と——。

それなのに二十七歳になった今も独身で恋人さえいない。つまりは結婚の予定も、父になる予定もまったくない。

目の前には自分に好意を持ってくれている、趣味は料理で子どもが大好きという理想的な女性がいるというのに。まったく食指が動かなかった。

どうしても幸せになれる気がしないのだ。彼女と結婚して、父親になっても。

それはもちろん彼女のせいではない。魅力的であっても理想的であっても、彼女ではダメだ——そう思ってしまう春也の心の問題だ。

「高槻センセ、はい、どーぞ」

「あ、ありがとうございます」

体を密着するようにして酌《しゃく》をされる。

はっきりその気はないと彼女に伝えるべきなのだろうけど、寄せられる好意を拒絶できる強さが春也には足りなかった。それくらいならいっそ彼女と結婚してしまおうかなんてことを考えることさえある。彼女のために頑張ることはできるかもしれない、一緒に暮らせばそのうち愛情だって生まれるかも——。

だけどそんな賭《か》けができるはずもなく。

「じゃ、先生もどうぞ」

なに食わぬ笑顔で返杯している自分に嫌気が差す。

優柔不断も八方美人もよろしくないと思うけれど、できれば穏便に、自然の流れで収まるところに収まればいいな、なんて思ってしまう。

卑怯《ひきょう》だとか、偽善者だとか言われてしまうんだろうな……と、春也は鋭い眼差《まなざ》しを脳裏に思い浮かべて密《ひそ》かに溜め息をついた。

「高槻ぃ、女とベタベタしとらんで、俺の横に来い」

とうとうお呼びがかかってしまった。

普段はきっちり隙《すき》なくスーツを着込み、神経質な雰囲気さえある教頭は酔うと一変する。若くてきれいな男が大好きで、しかも権力をかさにきる最低オヤジに成り果てるのだ。

胃がしくしく痛んだが、ここで行かないと被害が周囲にまで拡大する。みんなそれを知っているから、黙して春也を差し出すのだ。人身御供《ごくう》に。

周囲を責める気はない。自分で役に立つのなら、それはそれでいいと思う。

そばに行けば、いきなり肩を組まれた。スーツ越しでも感じられる高い体温が不快だった。二の腕のあたりを撫でられると鳥肌が立つ。

教頭に限らず、大人の男は全般に苦手なのだ。だからといって女が得意なんてこともないのだけど。

「教頭、飲みすぎですよー。奥さんに怒られちゃいますよ」

教頭が恐妻家なのも有名なことで、それを持ち出すと教頭は一瞬だけ怯む。しかし一瞬だ。

「女が怖くて酒が飲めるか。おまえも女には気をつけろよ。どんなにかわいい顔してても、奴らは魔物だ」

あんたもしっかり魔物だと言いたい気持ちをぐっとこらえる。怒らせるとまた厄介なのだ。酌をする酒を探すそぶりで教頭の腕から離れようとしたが、グイッと引き戻される。勢いで体が教頭の胸元になだれ込み、髪に生暖かい吐息がかかった。

瞬間、脳裏に嫌な光景がフラッシュバックする。普段はまったく忘れている記憶。ゾッと寒気がして、反射的にその体を突き飛ばしていた。

「うわっ」

突然のことに酔っぱらいはゴロンと畳に転がる。しまった、と思った時にはもう遅かった。

「きさま、上司に向かってなにをする!」

赤い顔をさらに赤くして教頭は怒鳴った。周囲がシンと静まりかえる。

「や、やだなー、教頭。酔っぱらっちゃって。軽く押しただけですよ。デュエットしようと思って。ほら、立ってください。誰かー、『銀恋《ぎんこい》』入れてー」

春也は笑顔で教頭の腕を引く。

銀恋は教頭の十八番《おはこ》、というか、これしか歌えない。そしてエンドレスでもこの歌を歌っていればご機嫌なのだ。毎回毎回、何度も何度も歌わされて、イントロを聴いただけで気分が悪くなるのだが、こういう時には便利だ。案の定、銀恋と聞いただけで教頭の顔色が変わった。そうか？　などと、いそいそ立ち上がる。

それなりに処世術は身につけた。自分の身は自分で護らないと誰も護ってなんてくれないから。

周囲と波風立てず穏便にと願うなら、自分の痛みは二の次にするしかない。

なぜか女性パートを歌う教頭と腕を組んで、本当の恋の物語をヤケ気味に歌い上げた。

「先輩、飲みすぎですって……」

別に酒に弱いわけではないのだが、今日はあきらかに飲みすぎだった。

飲まずにやっていられようか。教頭は早々に酔い潰した。飲むだけ飲んで、絡むだけ絡んだら寝てしまうのだ。その後の面倒はさすがに見る気にはなれなかった。

だが、教頭が去れば女性陣がやってくる。酔った無様な姿に引いてくれればいいと、最低な酔っぱらいを演じてみたが、件《くだん》の女性教師は引くどころかかいがいしく世話を焼きたがり、最後にはお持ち帰りされそうになったところを、酔ったふりで後輩を強引に拉致《らち》して脱出してきた。

酔ったふりといっても、実際足取りも怪しいほど酔っていたのだけれど、それくらいの理性は残っていた。ぼんやりと霞《かすみ》の向こうにほんのわずか。

歩き始めるとますます酔いが回る。繁華街の裏通りを駅に向かって歩いているのだということはなんとなくわかっていた。家は反対方向だけど、きっと後輩はタクシーを拾おうとしているのだろう。

「あ、俺ここでいいや」

春也は唐突に言うと後輩の肩を離れて道路脇《わき》の高級マンションに方向を変えた。途端によろよろと足をもつれさせ、エントランスのタイル床にペタリと座り込む。

「せ、先輩、ここでいいって、ここはホテルじゃないですよ。泊まれません」

後輩は呆《あき》れ顔だったが、もちろんそんなものは目に入っていない。春也の目に映っているのは、見覚えのあるマンションの外観のみ。腕を引かれ立たされて、また春也はマンションの扉方向へと歩き出す。

「え、先輩？　マジですか？」

困惑気味に引き戻そうとする後輩に、

「大丈夫、泊まれるから」

だいぶ省略した説明をする。

「だから泊まれませんって」

「大丈夫、大丈夫」

自動ドアから中に入る。

「ちょ、ちょっと待ってくださいって。ほら、オートロックでしょ」

勝ち誇ったように後輩は言った。

それにかまわず、春也はそんなに押したことがあるわけでもないのにしっかり暗記している番号を押した。

「え？　まずいっすよ。あ、もしかして知り合いがいるんですか？」

「だからそう言ってるだろ」

「言ってませんよー。本当に先輩、酔っぱらうと性格変わりますよね……」

部屋からの応えはなかった。

後輩の声はぼんやりと遠い。しばらくパネルの前に突っ立って、ようやく家主がいないのだということを脳が理解する。くるりと踵《きびす》を返し、ロビーに置いてある長椅子《ながいす》に向かって歩き出した。

「いないみたいですよ」

ロビーの真ん中には木が植えられていた。高い吹き抜けの壁面はすりガラス張りで、昼間はそこから燦々《さんさん》と日差しが降り注ぐ設計。その木を取り囲むようにして長椅子が設置されている。

そのひとつに座り、こてんと横になった。

「せ、先輩、こんなとこで寝る気ですか!?」

「大丈夫。おまえもう帰っていいぞ。ありがとな」

言うなり春也は目を閉じた。

「え、ええー、マジですか？　本当に帰っちゃいますよ？」

もう春也は答えない。あっさりと眠りの世界に突入してしまっていた。酔っぱらいの眠りは急速に深い。

後輩は深々と溜め息をつき、

「メガネ、壊れちゃいますよ」

親切心で黒縁メガネを外してやった。

そこに現れたのは、ついぞ見慣れぬ男の寝顔だった。白くてきれいで……二十七の男に使うのは適切でないかもしれないが、無垢《むく》という言葉がはまってしまうようなきれいな寝顔。

後輩の手は吸い寄せられるようにその頰に伸びた。

「先輩……。わー、すべすべ……」

指先では足りなくなって手のひらでその頰を包みこもうとした時――、

「痛っ！　い、いててて……」

いきなりその手首を摑《つか》まれ、背中に捻《ひね》り上げられる。

「強制わいせつ未遂……はいくらなんでも無理か。だが、建造物不法侵入くらいならわけないな」

背後から吐かれた、淡々としていながら底冷えのする声。

片手でやすやすと後輩の動きを封じた男は鋭い瞳をしていた。その漆黒の瞳や削げた頰にかかる、やや長めの黒髪。通った鼻筋に薄い唇。長身に黒いコートをまとう姿は、闇《やみ》の使いか、死神か。人ならばホストかヤクザか。とにかくカタギではない雰囲気があった。

「な、なに、あなた、なんなんですか⁉」

怪しげな黒い男の登場に、後輩は恐いやら痛いやらわけわからないやらで、悲鳴のような声を上げた。しかしそのすぐ横で眠る春也は起きる気配もない。

「おまえは誰だ。春也の知り合いか」

春也の名前が出て、後輩は少しホッとした表情になる。

「あ、そそそう、そうです、同じ学校の教師……」

この状況から逃れたくて必死に訴える。

「ふーん。小学校の教師が同僚の男にいったいなにをする気だったんだ」

「なにって、別になにも……。ちょっときれいだなと思っただけで……」

やましくなんかないと胸を張りつつもその声は尻《しり》すぼみに消えていく。

「春也には黙っててやる。さっさと帰れ」

黒い男はもう興味もないとばかりに後輩を解放した。

後輩はその言葉にむっとしたようだったが、分が悪いと判断したのか無言で踵を返す。

「待て」

黒い男が呼び止めた。

「な、なんですか！」

後輩はあきらかに逃げ腰ながらも牽制《けんせい》するように大きな声を上げて振り返った。

「メガネ」

言われて初めて自分が春也のメガネをしっかり握りしめていたことに気づき、バツの悪い顔で差し出された手にそれをのせた。そのまま逃げるように出口へ向かう。

黒い男の視線はその背を最後まで見送ることなく、寝ている春也の上へと落ちた。

罪作りな寝顔をしばらく無言で見つめ、伸ばした手はさっき後輩が触れたあたりへと向かう。しかし触れる寸前のところでその手を止め、ぎゅっと拳《こぶし》を握った。

「迷惑なんだよ、本当におまえは……」

溜め息混じりに呟《つぶや》くと、男はメガネをコートの下、スーツの胸ポケットにしまいこみ、春也の体をその腕に抱き上げた。

◇◆◇

目覚めて、いつもとは違う高級チックな天井を見た瞬間に春也は己の失敗を知った。

「また、やったのか……」

溜め息をつけば、こめかみのあたりがズキンと痛んだ。だけど頭を抱えたいのはその痛みのせいばかりではない。

もう何回目だろう、ここでこうして目覚めるのは。いつもでっかいベッドにひとりきり。もれなく二日酔い付きだ。

のろのろと起き上がり自分の格好を見下ろせば、白いワイシャツとグレーのスラックスという姿。ネクタイはなく、第一ボタンも外されている。ベルトはループを通ったまま前だけが緩められていた。

ここに来た記憶もないのに、服を自分で脱いだかどうかなんて覚えているわけもない。しかしコートとスーツの上着とネクタイとがきちんとハンガーに掛けられているところを見ると、自分で脱いだということはなさそうだ。酔った自分にそんな几帳面《きちょうめん》さがないことは重々承知している。

誰の手を煩《わずら》わせたのか考えると、ますます隣の部屋へ向かう足は重くなった。

ベルトを締めなおし、いつもと同じにサイドテーブルにのせてあったメガネをかけて、足を引きずるようにドアへと向かう。

気は重くともドアは軽く、音もなく開いたその先は眩《まぶ》しいばかりの朝の光に満ちていた。

渋い色の木目が基調となっているリビングは一人暮らしには広すぎるサイズだ。壁面に大きなテレビが掛けられ、スピーカーなどの音響機器も整っている。アイボリーのセンターラグの上にシンプルなローテーブルがあり、黒いソファと一人がけのリラックスチェアがテレビに向かって置いてあった。

そのどちらにも家主の姿はなく、ぐるりと視線を巡らせれば、リビングとキッチンを仕切るカウンターテーブルの手前にその姿があった。

背の高い椅子に長い足を組んで座る長身の男。セーターにスラックスというラフなスタイルなのに緊張感が漂って見えるのは、全身黒という色味のせいか、無駄を削ぎ落としたような顔立ちのせいか――。

無造作に毛先が遊ぶやや長めの髪は漆黒。その前髪の隙間から覗く瞳も深い闇のような黒。唇を引き結んだ端正な顔は春也に向けられていたけれど、そこに感情と呼べるようなものは窺《うかが》えない。

男の周囲だけが朝のさわやかな空気を拒絶していた。手に持っているのが死神の鎌《かま》でなくコーヒーカップなのがいっそ違和感だ。

「……ご、ごめん、功誠《こうせい》……」

春也は黒い男に向かって神妙に頭を下げた。

この男相手にへたな言い訳を絞り出すのは時間の無駄だ。期待してもいないだろう。

「大人は子どもに恥じる行いをすべきではない、とかなんとか……そんな理想を熱く語っていたのはそんなに昔のことじゃなかったと思ったが」

鋭い瞳で春也を見据え、功誠は無表情のまま言い放った。

「酔っぱらって人のマンションのロビーで正体不明なんて、子どもに見せられないどころか、警察を呼ばれても文句は――」

つらつらと冷ややかな言葉が口をついて出てくる。無口そうに見えてけっこう饒舌《じょうぜつ》なのだ、この在田《ありた》功誠という男は。

饒舌といっても、楽しいおしゃべりが好きというわけではない。説教というか、理論責めというか、「誰か」や「なにか」を追及したり糾弾したりする時には、驚くほど口が滑らかになる。それも相手が逆らえば逆らうほど燃えるというタチの悪さ。

かつて泣きそうなほど追い込まれたことのある春也は、

「ごめん、ごめんって！　もうしません、もう来ませんから！」

氷の礫《つぶて》のような言葉の連射を大声の謝罪で遮った。

これが一番効果的なのだと、失敗の繰り返しの中で学んだのだ。自分は悪くないと思って必死で闘っても、そのほとんどは徒労に終わった。口で勝てる相手ではないと、すっかり刷り込みが入っている。

今回の件に限定するならば、間違いなく自分が悪いのだし、謝り倒すのが一番楽で正しく利口な方策だと思われる。

酔ってここに足を運び、ロビーで寝てしまったのは今回が初めてではなかった。功誠が繁華街や駅からも近い好立地のこのマンションに住み始めたのは一年と少し前。自分がこの近くの小学校に転任になったのは、そのまた一年ほど前のことだった。

二人に縁もゆかりもないこの地で、近くに住むようになったのは互いの仕事の関係で、たまたまなのだけど。その偶然を運命だと思いたい自分がいる。

つまり、俺たちは引かれ合う運命なんだろ？　なんていう恥ずかしいことを言いたいわけだ。

普段はもちろんそんな感情を表に出しはしないが、酒が入ると理性のたがが緩む。顔が見たいという衝動を抑えることができなくなる。

しかし、いい歳をした男が同い歳の男の顔が見たくて来ました、なんて素直に口にできるはずもない。

いや、友達として訪ねるのは一向にかまわないはずだが、動機が不純だと自分でわかっているから引け目がある。

「……ほら、このマンション、いいとこにあるからさ。飲むとつい、……ごめんなさい」

納得できそうな言い訳を付け足してさらに謝った。

功誠が迷惑がっていることは態度でなんとなくわかっていた。だてに長い付き合いではない。児童養護施設で多感な頃を十年もともに過ごしたのだ。

高校卒業と同時に二人とも東京《とうきょう》に出て、それからは会う機会も少なくなり、功誠がここに越してきたのを春也が知ったのは、同じ施設育ちの友達を経由してだった。引っ越し祝いをするからと、その友達に無理やり引っ張ってこられたのだ。功誠自身にここに招かれたことは今まで一度もない。

まさに招かれざる客。

また痛い言葉を浴びせられるのだろうと覚悟して上目遣いに功誠を見れば、細められた鋭い目とぶつかった。途端に功誠は眉をひそめ深い溜め息をついた。その口が再び開くのが見えて、春也は視線を足元に落とした。

「別に……俺は来るなとは言ってない。毎度毎度エントランスで酔いつぶれられるのが迷惑なだけだ」

ハッと功誠の顔に視線を戻す。

それは期待してもいい言葉なのかどうか……しかし表情から感情を推し量るのは難しかった。この男の場合、不機嫌な顔だから機嫌が悪いとは限らず、辛らつな言葉の中に優しさが隠れていたりもする。そのまんまな時もままあるけれど……。

「来る時は電話しろ。教師の薄給じゃタクシー代もバカにならないだろうし……忙しくなければ泊めてやる」

「い、いいのか⁉」

目の前が急に明るくなった気がした。功誠の表情は変わらないままだが、功誠が来ていいと言ったからには来ていいのだ。変な社交辞令など言わない男だから。

「じゃあさ、じゃあ電話番号教えてよ。功誠の携帯の」

気持ちのままの笑顔で功誠に歩み寄る。

「……言ってなかったか？」

功誠は怪訝《けげん》な顔をつくったが、それにごまかされてやるには春也は功誠を知りすぎていた。

この男にそんなうかつさはない。

「しらばっくれんなよ。本当は俺が来るの迷惑だから教えてくれなかったんじゃないの。おまえ、いっつも俺のこと、うざい、暑苦しいって言ってたもんな。どういう心境の変化？本当に俺、来てもいいのか？」

社交辞令が言えるようになったなどとは思わないが、すんなりとは信じられない。不安はきっちり取り除いておかないと、新たな不安で疑心暗鬼になって、また素面《しらふ》では来られなくなってしまう恐れがある。

功誠の座る近くまで行って足を止め、その顔をじっと見つめる。こうしていると目線は春也の方が高い。しかし功誠が立ち上がれば、十センチほども功誠の方が高かった。

功誠は春也の真剣な顔から目線を外すとタバコに火をつけ、観念したというか、諦めたというか、そんな感じで煙と一緒に息を吐き出した。

「どうせ酔っぱらったらまた来るだろうが、おまえは……。ロビーに放置しておいてもいいんだが、おまえを邪険に扱うといろいろうるさいのがいて面倒だし。抱えて部屋まで運ぶのはもう懲り懲りだ。酔う前に電話しろ。俺にゲロかけたら速攻出入り禁止だからな。泊めてほしけりゃ飲みすぎるな」

理由といえば理由のようでもあるけれど、微妙にはぐらかされている気もしないじゃない。でもやっぱり来るなとは言われなかったので、来ていいのは確かであるらしい。泥酔さえしていなければ。

「うん。じゃあ電話してから来るよ」

春也にとって功誠は、近くもあり遠くもある不思議な存在だった。

もっと近づきたいけど、近づきすぎるのは恐い——春也のそんな気持ちが功誠との間に微妙な距離感をつくっていた。本当なら親友と呼んでもいい存在のはずなのに……。

功誠はこの距離感をどう感じているのか。別段、不満とも思っていないだろうことは、昔から変わらないスタンスに窺える。積極的に近づこうとすることもなければ、無理に遠ざけるようなこともない。とはいえ、日常生活に接点がない以上、近づこうとしなければ遠ざかるばかりなのだが、それを埋めようというそぶりもない。

功誠は立ち上がり隣の部屋に入って出てくると、春也に名刺を差し出した。そこにはちゃんと携帯電話の番号も入っている。肩書きは弁護士。在田功誠という堅い名前はその肩書きによく似合っていた。

名刺をもらえたことがちょっと嬉しかった春也だが、思えばこれは仕事の依頼人にはみな渡す物なのだろう。今までそれさえもらえていなかったことを思うと逆に悲しくなった。

しかしそんな思いは顔に出さず、せっせと自分の携帯電話に番号を登録する。さっそく功誠の携帯電話にかけ、自分の番号を通知した。それを功誠が登録する。

そんななんでもないことが、功誠相手だととても貴重で胸騒ぐ行為に思える。相手が功誠だというだけで、春也には特別だった。

「な、俺もコーヒー飲んでいい？」

「ああ、勝手に作れ。道具はまだそこに置いたままだ」

言われてキッチンに足を踏み込む。勝手に食器を取りだし、勝手に用意する。そこに他人の家だからと臆《おく》する気持ちはまったく生まれなかった。十年以上も一緒に暮らしていたから、その辺の感覚は家族に近いのだろう。

「おまえ……いつまでそのメガネしてるつもりなんだ？」

「ん？　ずっと。壊れるまでするよ。なんか、先生っぽいでしょ、これ」

もっともらしい言い訳をしてみる。

「おまえなあ……まあ、いいけど」

功誠はなにかを言いかけて、思い直したように口を閉じた。それは最初にこれを選んだ時とまったく変わらないリアクションだった。

結局、どうでもいい、のだろう。

功誠の横にもうひとつ椅子があったが、そこには座る気にはなれなくて。コーヒー片手にさりげなく通り過ぎ、リビングの黒い革張りのソファに腰を下ろす。コーヒーを口元に運んで視線を落とすと、ゴミ箱に放り込まれた新聞の見出しが目に入った。

「企業側に責任なし！　法の下に切り捨てられる弱者」

最近話題になっていた薬の副作用に関する裁判の判決だ。一部原告の訴えも認められはしたが、企業側に予知は不可能だったという被告の主張が認められた形だ。

その裁判の被告側弁護人が功誠であったことは春也もよく知っていた。マスコミでも取り上げられ、功誠の容姿も手伝って変な注目を浴びていたから。

マスコミにおける功誠の役どころは完全にヒールだった。常に理路整然と感情的になることはなく、黒いコートに身を包み長いストライドで颯爽《さっそう》と歩く。甘さのない冷たく整った顔立ちはその役にピッタリはまり、これまでの仕事内容もこれまたピッタリなのだ。

報酬は高額だが道義的に誰も引き受けたがらない仕事ばかりを引き受け、しかもそちらを勝たせてしまう。敏腕であるという評価以上に悪名が高まっていた。

美形の悪徳弁護士。

そんな無責任でふざけた見出しを見るたびに胸が痛んだ。

功誠は断じて悪人ではない。そもそも受ける依頼の内容はともかく、功誠がしているのは依頼人の利益を守るという弁護士として至極真っ当な仕事だ。

ただ、功誠がどうしてそういう依頼ばかり引き受けるのか、それは春也にもよくわからなかった。

幼い頃から春也がよく知る功誠は正義の味方だった。といっても、ちょっと一筋縄ではいかない正義の味方だったけど。

正しいものを正しいと正面から声高に主張するより、悪いものに制裁を加え、悪をくじくことで正義を守る。子どもたちのヒーローよりは現実的でちょっとやり口が強引。それでも春也には、そして一緒に育ったみんなには、功誠は正しいヒーローだった。

施設育ちに敵は多く、真っ当な主張もなかなか受け入れてもらえなかったから。

我らがヒーローを胸を張って正しいと言いきれない今の状況は辛くて悲しい。

本当は、そういう依頼は引き受けないでほしいと頼みたかったけれど、功誠の仕事に口を出す権限など持ち合わせてはいなかった。功誠が考えなしに行動しているとも思えないし。

せめてどうしてそういう依頼を引き受けるのか訊いてみたかったけれど、訊いたところで功誠の口から納得できるような答えが返ってくるとは思えなかった。

素直に本心など口にしない男だ。それに、自分が悪だと世間に思われたがっているようなところがある。理解されることを拒絶しているような……。

「功誠……仕事、楽しいか？」

少しでもなにかわかりたくて声をかけた。

「ああ。楽しいぜ」

功誠は顔色も変えずに答えた。

新聞がそこにあることも、春也がなにを訊きたいのかも、きっとわかっている。功誠は今も周囲の理解や評価など求めてはいないようだ。春也の理解さえも。

独りで立てる強さが眩しくて、寂しい。

世間の期待を裏切って裁判で勝つことが楽しいのかもしれないけど、被害者の痛みがわからない男ではないはずなのだ。……そう、思いたい。

「功誠……」

なにか言おうと声をかけたが先が続かない。中途半端な沈黙に空気が淀《よど》む。

「俺といると評判落とすぞ、先生」

功誠がからかうように言って立ち上がった。カップをキッチンに置いて戻ってきた功誠は、春也の座るソファの斜め前にあるリラックスチェアに身を沈めた。背もたれに隠れて功誠の顔は見えなくなる。カチッと音がして、黒い背もたれの向こうから紫煙が立ち昇った。

「世間の評判なんか……。昔から良い評判に縁はなかったし、そんなもののためにおまえから離れる気はないよ。俺はさ、なんていうか……おまえのそばが一番落ち着くんだ」

春也は思わず本音を口にして、これはヤバイだろうかと内心焦る。

「まあ、それって、子どもの頃からずっとそばにいたせいだと思うけど」

慌《あわ》てて言い訳を付け足した。

そばにいたいのはあくまでも慣れで、深い意味はないのだと。

評判なんてものは本当にどうでもよかった。教師として生徒に範を示したいとは思っているけれど、父兄の顔色をうかがおうとは思っていない。だいたい、功誠はなにも悪いことはしていないのだし。

もし功誠のそばを離れるとしたら、きっともっと別の理由だ。

「俺のそばが落ち着くなんて、そんなことを言うのはおまえくらいだな」

紫煙がゆらりと揺れたのは笑ったせいだろう。

春也もちょっと頬が緩んでしまった。

功誠のそばが落ち着くと言う人間が、自分以外にいないというのが嬉しかったのだ。功誠の孤独を喜ぶ自分はそうとう性格が悪いと思うけれど。

「就職したらすぐにでも結婚して幸せな家庭をつくるんじゃなかったのか？　お父さんになるんだろ？」

功誠がさりげなくといったふうに春也の昔の口癖を持ち出した。

功誠は春也のその口癖を一番聞かされた人間かもしれない。小・中学時代はずっと同室だったし、高校生になっても春也はしつこく言い続けていたから。それはまるで自分に暗示をかけるかのように……。

功誠がそばにいなくなって初めて、隠れていた自分の本当の気持ちに気づいたのだ。

「現実はそんなに甘くなかったよ。子どもは五人欲しいとか言うと、女の人引いちゃうし」

それは事実だけど、結婚しない本当の理由じゃない。引かない女性も現実に近くにいたし。いつの間にか、幸せな家庭より欲しいものができてしまっていた。それは絶対に手に入らないとわかっているのに、いつまでもぐずぐずと吹っ切れないでいる。

おまえが欲しいんだ……そう言ったら功誠はどんな顔をするだろうと春也は時々夢想する。きっと、まずは驚く。黒縁のメガネを買うと言った、あの時のように。

そして……嫌悪されるだろうか。あ、そう……とスルーされるかもしれない。趣味じゃないとはっきり言われるのが一番あるような気もした。

言う勇気も、言うつもりもまったくないのだけど。

「最初は三人くらいって言っとけ。それくらいなら詐称にゃならねーから」

どうでもいいように功誠が助言する。

「うん、そうだな」

どうでもいいけど同意しておいた。

その時、ピンポーンと来客を告げる電子音が室内に響いた。

人が来る約束でもあったのかと功誠を見れば、功誠は怪訝な顔をしている。どうやら予定外の客であるらしい。

もう帰らなくてはいけないのだろうか……。宅配便かなにかであればいいと、立ち上がってインターフォンへと向かう功誠の背を見ながら春也は思った。

「はい」

ボタンを押すと画面に映像が現れる。それは春也の位置からでは見えなかったけれど、

『おはよーん、起きてたー？』

声は春也の耳にも聞こえた。

「サトシ!?」

功誠が返事するより先に思わず声に出た。意外で。そして少しホッとする。すぐに追い返されてしまうことはなさそうだと。

『おや？　その声は、ハル？』

『え、え、ハルちゃんがいるの!?』

インターフォンの向こうからもうひとつ声がした。

「なに、淳之《あつゆき》も一緒？」

春也は立ち上がり、功誠の横から声を出して画面を覗き込んだ。

そこには二人分の顔があった。少し派手めの長髪男と、端正な面差しの青年。それらは春也にとって功誠よりさらに見慣れた顔だった。

功誠は不機嫌そうに終始無言で、薄暗い画面を睨んでいる。

『おやおやおやー？　なんでハルがそこにいるんだかなあ……。まさか、泊まった、とか？』

訝《いぶか》しげに訊いてくるサトシの顔は少しおもしろがっているようにも見えた。

「うん、泊めてもらった」

昨夜の顚末《てんまつ》を話そうとしたが、横から功誠に押しのけられる。

「てめーらはなんの用だ」

威嚇《いかく》するように低い声で、功誠は画面の男たちを睨みつけた。

『あらまあ、お邪魔だったのかしらぁ？』

「なんの用かと訊いている」

『でも、大願成就っていう雰囲気じゃあなさ――』

言葉の途中で音声が突然プツッと遮断された。

「え、功誠、切っちゃったのか？」

功誠は黒くなった画面をまだ不機嫌そうに睨みつけている。

そこに、ピンポン、ピンポン、ピンポーン！　と、けたたましく電子音が鳴り響いた。

功誠が出ようとしないのを見て、春也が代わりに出る。功誠はそれを止めることまではしなかった。

『ひどいわよ、功誠ったら。人が忙しい中わざわざ出張カットサービスに来てあげたってのに。そういうことするならもう切ってあげないわよ。あんたのその形状記憶合金みたいな髪を格好良く仕上げんのは、私くらいの神業テクがなきゃ無理なんだからね！』

まくしたてられ、功誠は渋い顔をしている。

そこは功誠の最大の弱点だ。

小学生の頃から功誠はずっと髪が短かった。坊主よりちょっと長いくらいの頭で、それでも格好良くはあったのだが、本人は本当は伸ばしたかったらしい。色気づいた思春期、功誠は髪を伸ばし始めたのだが、癖があって硬い髪はまとまりが悪く、言ってはなんだが格好悪かった。

それがサトシの美意識に障ったらしい。功誠に鬱陶《うっとう》しがられるのもかまわず日々その髪型と格闘し、そうして今やサトシはカリスマと呼ばれる美容師になった。

「え、サトシ、今日は美容室休みなの？」

土曜日なのだけど。

『違うわよ。仕事前に来てあげたのよ。そろそろカットしないと、もっさい頭になっちゃうでしょ』

「放っときゃいいだろーが、俺の頭なんて」

功誠はボソッと吐き捨てる。

『私が許せないのよ、そんなの。あんたの頭が野暮ったくなってるかもって考えただけで、キーッとなるの。美意識が許さないのよ！　さっさと開けなさい』

功誠はひとつ大きく溜め息をついてロックを解除した。


まだ昼にも届かない時刻。高級マンションのリビングに男が四人。

リラックスチェアをソファと向き合うように回し、功誠はそこにふんぞり返る。ソファはゆったりとしたサイズなのだが、男が三人そこに並んで座るのもなんなので、一番年下の淳之が下のラグの上に座った。春也の足元に寄り添うように。

サトシはひとつ年上で、淳之がひとつ年下。二人も同じ施設で育った、春也と功誠の兄弟分だ。

「なんで淳之までいるんだ」

功誠が春也にくっつく淳之に冷たい視線を投げる。

「昨日サト兄んとこに泊まったから。功誠くんとこに行くって言うからついてきた」

顔は男前なのだが、少し甘えたしゃべり方をする。しかしそれは淳之が気を許した相手にだけ見せる本来の姿だった。

「淳之、忙しいんじゃないの？　連ドラの撮りに入るって言ってなかったっけ」

「うん、明日から。だから今日は貴重な完全オフなんだ。この後ハルちゃんのところに行こうと思ってたから、ちょうどよかった」

淳之は売り出し中の俳優だ。髪は短め、大きくて意志の強そうな瞳が印象的で、あまりほがらかなタイプではない。しかし、たまに見せる笑顔が最高！　と、特に年上の女性に人気があった。モデル出身で、芸名はＪＵＮ。出自、生い立ちはすべてシークレットというのは、ミステリアスを売りにするよくある演出、と言いたいところだが、実際は淳之が出自がばれたら俳優を辞めると宣言したのでこうなったのだ。

人の関心を集めたくなかった淳之と、その才能を高く買っている事務所の社長の妥協点。社長の目は確かだったようで淳之はトントン拍子に準主役級のところまで昇ってきた。主役を張るのもそう遠いことではないだろう。

「なにがちょうどよかったんだかねえ。私が、どうせなら功誠のところにハルを呼べばいいのよって言ったら、功誠くんとハルちゃんが一緒のところは見たくない、とか言ったくせ

に」

「そ、そういうこと、バラすなよ、サト兄！」

淳之がサトシをキツイ目で睨みつける。が、サトシは涼しい顔だ。

サトシが女言葉をしゃべるようになったのがいつだったか、春也には思い出せなかった。乳児院を経て施設に入ったサトシとは、春也が施設に入った五歳の時からの長い付き合いなのだが。

サトシは言葉同様に仕草にも見た目にも柔らかな雰囲気がある。カールさせた明るい色の髪をふわりと後ろで結び、淡い色の服を好んで着る。色素の薄い瞳の眼差しはいつも優しく、口の端も普段から少し上がっていた。

しかし百八十を超える長身で骨格もしっかりしているため、女性に間違われることはない。観音《かんのん》様的慈愛をまとった貴公子、とでもいった感じ。

「なんで俺と功誠が一緒のとこは見たくないんだ、淳之？」

その言葉が解せなくて春也は問う。

「いや、それは、ムカつくっていうか、なんていうか……」

「ムカつく？」

ずっと施設でみんな一緒だったのに、今さらなににムカつくのか、まったくわからない。

「まあまあ、それはいいわよ。でも功誠の髪はやっぱりギリギリだったわね。これ以上伸びると癖が変な風に主張し始めるのよ。私が美容師になったのはこれをどうにかしたかったからと言っても過言じゃないわ」

サトシは立ち上がり、功誠の後頭部の髪を一握りしビンと引っ張る。功誠は嫌そうにその手を払った。

しかしサトシがカウンターの椅子を窓辺の板張りのところに持ち出し、そこに座れと言うと、功誠は不本意そうにではあるが逆らわずそこに腰を下ろした。首にピンクのケープを巻かれても観念したように動かない。

そのめったに見られぬ功誠を、春也と淳之はソファに座ってニヤニヤと眺める。

功誠がサトシに勝てる日は、歳をとってはげ上がりでもしない限り来ないだろう。

サトシは商売道具を腰に巻いた。自分で神業と言ったように、ハサミ裁きは見事なものだ。音楽を奏でているかのように軽やかでリズミカル。

「色気と堅さを同居させるワイルド弁護士ヘアがね、なかなか難しくて。まだどこか気に入らないのよねぇ。日々研鑽《けんさん》、おかげで私のテクは磨かれるばかりだわ」

髪を切られている時の功誠はちょっとかわいかった。ぶすくれた顔は小学生くらいの頃を思い出させる。子どもの真っ当な主張を大人の理屈に歪《ゆが》められ、納得いかないけどどうしようもない、そんな時の顔。

プライドの高い功誠がそういう姿を見せる人間は限られている。きっと家族にしか見せない顔だ。わかっているからとても嬉しかった。

家族でいいのだ、家族で。

喜びと切なさと諦めが同居する感情は、もう春也にとって馴染《なじ》みすぎた感情だった。

観念したように瞼《まぶた》を伏せている功誠を、春也は目を細めてじっと見つめる。

「ハルちゃんのそういう顔が見たくなかったんだよ……」

隣で淳之がボソッと言った。

「え？」

よく聞こえなくて問い返したが、淳之は、なんでもないよと顔を逸《そ》らした。

そこに、

「ねえねえ、ハルはまた酔いつぶれてここのロビーに寝てたの？」

いいタイミングでサトシが話を振ってきて、春也の意識は淳之からサトシに移る。

「え、なんでわかったの、サトシ」

サトシはひとつ年上なのだが、サトちゃん、ハルちゃんだった頃から自然にサトシ、ハルに移行した。功誠は年上相手でも呼び捨てが標準。

「もう常習犯よ、あんた」

確かに。三度以上は常習といって差し支えないだろう。失敗するたびにサトシに報告していたので、サトシはすべて知っている。

「それに、なにかが進展したって雰囲気でもないしねえ」

付け加えてサトシはニヤッと笑った。

「進展？」

「ハル、朝起きてちゃんと自分の体はチェックした――」

「サトシ！　くだらねえこと言ってると叩《たた》き出すぞ」

サトシの言葉尻を奪うように功誠が鋭い声を発した。ピンクのケープに包まれた格好ではまったく凄味《すごみ》もないのだが、サトシは笑顔のまま首をすくめて黙った。

「あ、そうだ、ハル」

軽やかに手を動かしながらサトシが再び口を開く。

「え、なに？」

「最近、園に行ったー？」

園というのは春也たちが育った児童養護施設のことだ。星楓《せいふう》園。

今住んでいるこの町から電車で一時間ほどの隣県にある。東京のベッドタウン的な個性のない町の高台に、緑に埋もれるようにしてひっそり建っていた、春也たちの故郷。

「んーと、クリスマスに行ったよ。お正月は行かなかったから、一ヶ月くらい前になるけど」

「やっぱりあんたが一番マメに行ってるわね。私は去年一年行ってないし、功誠と淳之なんて、園長の葬式以外行ってないんじゃないの」

功誠の無言は肯定だろう。

「俺は一、二回行ったよ。ハルちゃんと一緒に」

それは言われてやっと、そういえば……と思い出すくらいに、かなり前のことだ。

「ハル、最近の園はどんな感じ？」

「どんなって別に……」

サトシがなにを訊きたいのかわからなくて返事に困る。

「こないだお客さんに聞いたんだけど。っていうか、お客さんって蓮《れん》なんだけどね」

蓮というのは同じ施設を出て、今はゴシップ記者をしている先輩のことだった。その名を聞いて功誠が渋い顔になる。犬猿の仲なのだ。

「新しい園長のこととかいろいろ吹きこまれちゃって、ちょっと気になってんの」

「新しい園長、か……」

春也たちの親代わりだった園長は二年前に他界した。その後就任した園長の顔を思い浮かべ、春也は溜め息をついた。

丸い顔に小ぶりな目鼻立ちで年齢も六十を超えているとなれば愛嬌《あいきょう》も生まれそうなものだが、ふてぶてしく傲慢《ごうまん》な気質が態度や表情からにじみ出ている。

「なんかとっても胡散臭《うさんくさ》いでしょ、あの園長。目つきの悪いタヌキの置物って感じ」

その言葉に思わず噴き出してしまう。思い浮かべた顔にあまりにぴったりな表現だったので。

「それは、そのとおりだね」

見た目だけなら胡散臭くてもかまわない。問題は中身なのだが、数度会った印象はあまりいいものではなかった。

「あの園長、きな臭い噂《うわさ》がごっそりあるらしいわ。でもね、お育ちが良くていらっしゃるらしくて。私たちみたいなどこの馬の骨?って輩はなにもしなくても疑われるけど、由緒正しき華族の末裔《まつえい》さまは、なにをやっても逃れられるらしいわ」

華族という顔ではないが、あえてそこには突っ込まずおとなしく話を聞く。

「血縁だとか知人だとかにそれはそれは偉いメンツが揃《そろ》ってるらしくて。黒い噂はてんこ盛りでも一度も警察沙汰《ざた》になってないし、裁判沙汰になっても負けたことはなし。園長就任の前に経営していた会社は計画倒産だったんじゃないかという噂もあるらしいんだけど……」

「計画倒産って、会社を作ってお金を集めるだけ集めて潰しちゃうってやつ?」

「まあ、簡単に言うとね。詐欺まがいの行為なんだけど、立証するのが難しい……って、これは弁護士先生にご教授願った方がいいかしら? ご専門であらせられるし」

サトシが功誠に話を振ったが、功誠は我関せずの知らん顔だ。淳之も興味があるのかないのか微妙な顔で、しかし黙って聞いている。

「でも、そんな人が園長になれるわけ？」

わけあって親と暮らせない子どもたちの親代わりなのだ、園長というのは。人格者にさせろとまでは言わないけど、きな臭い噂のある男にさせていいものじゃないはずだ。

「だからまあ、蛇の道は蛇というか……県知事が強く推したらしいわ。同類なんじゃないの。あの男も胡散臭さプンプンだしねえ」

「え、あの県知事、胡散臭いの？」

当選二回の県知事は人好きのする笑顔の好々爺《こうこうや》というイメージだった。

「あの情けない顔と白髪が腹黒さをうまく隠してるのよねえ。いや、それはまあこのさい置いておくとして。ほら、園長が代わって急に施設が改修されたじゃない」

「ああ、うん。きれいになった。新しい建物も建ったし」

「そ。無駄に広くなったって評判のアレが胡散臭さの象徴なのよ。県内にはウチよりよほど古い施設がいくつもあるし、普通ならあんな大々的な改修や増築に予算はおりないわ。でも養護施設の改修っていうのは、他の施設の改修よりイメージがいいらしくて。懸念を示す議員もいたけど、子どもたちの生活環境が、とか言われちゃうとね。強硬に反対すれば自分のイメージを落としかねないってんで、わりとすんなり通っちゃったらしいのよ」

しゃべっている間もサトシのハサミは軽やかに動いていた。しかしそれを不意に止めて、まるで主婦が内緒話をする時のように手招きをして声をひそめる。四人しかいないのだけど。

「それがね、知事と園長と業者が結託してる可能性があるっていうのよ。寄付金もけっこう集まったらしくて……」

「あ、俺も寄付した」

春也は思わず口をはさんだ。

「領収書もらった?」

「え、もらってないけど」

「そういうのがけっこう多いらしいのよね。善意は密かにってのが美徳だったりするから、日本では。悪人というのはそこを突くのよ」

「え、それってもしかして寄付金を着服してるってこと?　マジ?」

「それだけじゃないわ。無駄な工事を発注する見返りに業者からも多額の賄賂《わいろ》が渡っている、らしいし」

「そんな……」

故郷で行われているらしい不正に眉が寄る。それはかなり不愉快だ。自分の寄付金なんて本当にわずかな額だが、それでも生活を切りつめてなんとか絞り出したお金なのだ。

「まあ、お金のことも問題なんだけど……」

サトシは言って、チラッと功誠の顔を見、春也の顔に目を移し、思案げに黙り込む。

「他にもなにかあるの?」

春也は気になって先を促《うなが》した。

「うーん。だからさ、蓮とも言ってたんだけど、そんな園長が子どものために園を運営しているとはちょっと思えなくない？　蓮も気にはなってるみたいだけど忙しいらしくて。私もしばらく行けそうにないし。ねえ、どんな感じだった？　子どもたち」

「……そうだよね、心配なのは子どもたちだよね。でも、子どもたちの様子っていっても……行事以外の日に行ってもあまり入れてもらえないし、すぐに追い返されるし。なんか規則とかきつくなってるみたいで。言われてみるといろいろと思い当たる節がある、ようなにも……」

園に行くたびに子どもたちの笑顔が減っているような気がしていたのだ。でも自分の教え子たちの中にも表情の硬い子が増えていて、最近の子どもはそんなものかと自分の中に諦めにも似た感情があった。

だけどそれが時代のせいなどでなく、今置かれている環境のせいだというのなら……。それはかなりヤバイ状態ではないだろうか。

気になりはじめるとすぐにでも確認したい衝動にかられる。

「俺、明日行ってみる」

立ち上がり、宣言する。幸い明日は日曜日で用事もない。

「待て」

ずっと黙っていた功誠がいきなり口を挟んできた。

「本当におまえは簡単な奴だな。いいように使われてんのがわかんねーのか。蓮なんて、あわよくばのスクープ狙いに決まってる。サトシに言えば当然春也に話が行くって読んでんだよ、あいつは」

ピンクのケープを外した功誠が立ち上がる。

すらりとした立ち姿が、明るい光を黒く切り取った。

「ちょっとなによそれ、人聞きが悪いわね。いくらハルがのせやすいったって、使う気なんてないわよ。まあ、子どものことを持ち出せばハルがすぐに動くだろうって予想はできたし、蓮に関しては擁護する気もないけど……。でも、OBとしては心配でしょ。あんたもちょっとは心配しなさいよ」

サトシが言い返し、功誠はキツイ目でサトシを睨みつける。

「のせやすいって……」

さっきから功誠にもサトシにもろくでもない言われようのような気がするのだが。

「あんたがバッシングされながら稼いで寄付した金を、ジジイどもが横領してるかもしれないのよ？」

功誠に向かって言ったサトシの言葉に「そんなわけは……」と一瞬思ったが、考えてみるとそれはとてもありそうな線だった。

「俺は寄付なんかしてない」

功誠は一言で切り捨てたけど。

「功誠なんか、絶対領収書もらわないよね」

寄付した証拠をすべて進んで抹殺してそうな感じがして春也は言った。

「なにを聞いてる。してないと言っているだろうが」

功誠はかたくなに否定したが、たぶんここにいる三人ともそれを信じていない。

「功誠くんさあ、ヒール気取りはけっこうだけど、迷惑なんだよね。施設で育つとああいうふうになってしまう、とかって言われんの」

淳之が憮然《ぶぜん》とした顔で口を挟んだ。

「自分の過去を隠して半端に勝負してる奴に言われたくない」

功誠の冷たい斬《き》りつけるような声音に淳之がカッと顔を赤くした。

「俺は半端なんて！」

そのまま言葉に詰まって、怒った顔が泣きそうな顔に変わった。

「淳之は真面目に役者頑張ってるわよ。生い立ちを公にするかどうかなんて、たいした問題じゃないわ」

最初はモデルという仕事をなんとなくやっているような感じだった淳之だが、役者を始めて気の入れようが違ってきているのは見ていればわかった。

「役者は私生活見えない方がいいってとこもあると思うしね。自分じゃない誰かを演じる時にこそ、その人がどう生きてどう感じてきたかってのが、自然とにじみ出るような気がする。俺は演技のことなんてよくわからないけど、ＪＵＮって役者はとてもいいと思う。好きだよ」

新婚ほやほや幸せいっぱいの会見の後で、同じ人が悲劇の主人公を演じているのを見てもどこか冷めてしまうというか。それでも見ている人を引きこむのがすごい役者なのだろうけど、演技の根底にあるのはその人そのものの力だと思える。

「ハルちゃん……俺、ハルちゃんのために役者頑張るよ」

淳之に両手をしっかりと握りしめられる。淳之の方が春也より五センチほども背は高いのだが、すがるような眼差しは子どものようだった。

「ホント、あんたは小さい頃からハルにべったりなんだから」

「あ、もちろんサト兄のためにも頑張るよ。功誠くんはどうせ俺のドラマなんて見てないんだろうけど」

「そんなの見る暇はないな。芝居なら法廷でいくらでも見れるし……」

「芝居って……あそこは真実を見定める場じゃないのかよ」

法廷でも勝てる見込みはないらしいと悔しそうに言った教え子の顔が浮かんで、思わずそんなことを言った。すべての真実が日の目を見ると思うほどおめでたくはないけど。

「真実なんてものは人の数だけある。見定めるのは裁判官だ。神じゃない」

功誠の顔にはどこか諦めたような悟ったような暗い影があった。やりきれない思いを功誠も抱えているのだろうか。

「とにかく、俺は明日園に行ってくるよ。のせられたとか使われたとかじゃなく、俺が気になるから。なにもなければそれが一番いいし。もしなにかあったら……その時は訴えるから弁護してよ、功誠」

軽い気持ちで言った。そこまでの事態になるとはまったく思っていないから。

「冗談じゃない。そんな善人っぽい依頼、引き受けられるか。仕事がやりにくくなる。それに俺は基本料金めちゃめちゃ高《たけ》ぇんだよ。ボランティアはお断りだ。そういう依頼はおまえとよく似た正義感の熱血弁護士にでもお願いするんだな」

あっさりと、きっぱりと断られた。

「珍しいわねえ。功誠がハルのお願いをそでにするなんて」

言ったサトシの横で淳之が頷いている。

「はあ？　俺がいつ、こいつのお願いをきいたって言うんだ」

「だから、いつも、でしょ」

断定的なサトシの答えに功誠は顔をしかめ、まったく納得がいかないという顔をしたが、それは春也とて納得がいかない。お願いをきいてもらったなんて記憶はほとんどなかった。

いつもいつも説教され、罵倒《ばとう》されていたような気がする。

「ハル、あんまり無謀に突っ走るのはやめてね。様子見ておかしいようだったら言って。その時は私も蓮も協力するし」

「俺もできることはするよ」

サトシも淳之も心配そうな顔で言う。

「大丈夫、大丈夫。みんな自分の仕事で忙しいんだから。子どものことなら俺は専門なんだよ。任せといて」

「頼りないって言ってるんじゃないの。あんたは時々、一生懸命の度が過ぎて自分を犠牲にしていても気づかないようなところがあるから……心配なのよ。番人があてにならないんじゃ……」

サトシは功誠の顔をチラッと見て、これ見よがしに溜め息をついた。

功誠はまったく知らん顔だ。

春也がどうなろうと俺には関係ない……とでもいうような顔と態度。まあ実際関係ないのだけど。

家族のような関係であっても家族ではない。友達ともどこか違う。となると、自分たちの間にあるものはいったいなんなのか。密接で強いなにかがあるなんていうのは、きっと願望の入った幻想だろう。

「大丈夫だよ。別に悪の巣窟《そうくつ》に乗り込もうってわけじゃないんだから」

それがあながち見当違いの比喩《ひゆ》でなかったことに気づくのは、まだちょっと先のことだった。

になる。

◇◆◇

都心から電車で一時間あまり。園に向かう時間は、いつも自分の過去に思いをはせる時間になる。

春也の瞳は、灰色の街並みから徐々に空間が広がり緑が増えていく景色を、映してはいたが見てはいなかった。見ているのは自分の内にある古い風景。

春也が交通事故で両親を亡くしたのは五歳の時だった。ひとり後部座席に座らされていたために助かったらしいのだが、事故の記憶はまったくない。両親の記憶はおぼろげな雰囲気のみ。顔は写真にある表情でしか知らない。

両親以外に身よりはなく、事故後すぐに施設に預けられた。

父親も母親も孤独な人だったのだ。だからこそ二十歳そこそこという若さで結婚し、すぐに子どもをつくったのだろう。同じような境遇に育ち、その歳を踏み越えてしまった春也にはその気持ちが実感としてよくわかった。幼い子を残していくのはさぞ無念だったに違いない。

たぶん自分は両親にとても愛されていたのだと思う。

おぼろげな記憶は優しく温かなもので、胸の奥に今もひっそりとある。それは今では貴重な宝物だけど、失った当時の傷は深かった。事故後は虚脱状態で口もきけなかったらしい。らしいというのは聞いた話だからで、その頃の記憶はまったくないのだ。

施設での生活は、快適とは言い難かったけど、傷が癒《い》えるには充分な環境だった。優しい園長や職員、そして同じような境遇の仲間たちに囲まれて、小学校に上がる頃にはすっかり元気な子どもになっていた。

サトシは生まれてすぐ施設の前に捨てられていたというし、功誠は三歳で父を亡くし、八歳で母親が男と失踪《しっそう》、淳之は六歳の時に虐待が原因で引き取られ、以降親は一度も面会に来なかった。

誰も彼もが傷だらけだから、かえって甘えは生まれなかった。

そういう甘えを許してくれない男がそばにいたせいもあるけれど――。

中学生の時だっただろうか。春也は一時期、何事にも投げやりになっていた時期があった。どんなに勉強を頑張って良い成績を取っても、施設の子というだけでその高評価は相殺《そうさい》され、体育祭で一番を取っても喜んでくれる親はなく、喜んでもらえない自分が一番を取ってはいけなかったのではないかと、そんな気持ちになってしまって、なににも身が入らなかったのだ。

努力が正当に評価されないのなら、努力する甲斐なんてない。投げやりにもなろうというもの。

一気に成績を落とした春也に功誠は冷めた目を向けた。

「どうとでも、思いたい奴には思わせておけばいい。俺は親のいるぬくぬくした家庭で育った奴なんかに負けてやる気はない。どんな奴にも絶対に負けない」

俺は見てるぞ——そう言われた気がした。周囲の理解とか評価とか、環境のせいにして自分を甘やかすな、と。

きっと功誠は、同じような境遇の春也が負けるのも我慢ならなかったのだろう。

それからずっと、「功誠に見られて恥ずかしくない自分」が春也の原動力となった。自分にできることを、精いっぱい——そう思ってなんにでも全力で取り組んだ。頑張ってきた。

教師という夢に向かってがむしゃらに頑張ったのも、功誠に、そしてそれぞれの夢を追いかけ着実に摑んでいく仲間たちに愛想を尽かされたくなかったからかもしれない。

自分にできることがあるなら、常に最善を尽くす。そうしないと不安でしょうがない。

——できることをしない自分に生きる価値はあるのか？　ダメな奴……と見放されてしまったら生きていけなくなってしまう……。

いつだって常に自信はなかった。

生きていてはいけないのでは――という、強迫観念のようなものが胸の奥深いところに巣くっていた。

自分だけが生き残ってしまったあの日から……。

「君たちは神様が私に与えてくださった宝物だ。君がここに存在する、それだけでいいんだよ」

園長の言葉に何度救われただろう。

なによりもまず子どものことを第一に考え、真っ直ぐに向き合ってくれる園長だったから、外で否応《いやおう》なくさらされる厳しい現実にも立ち向かうことができた。自分にできる限りのことをしようと、曲がりなりにも前向きになれたのだ。

園長がもし金の亡者のような男だったら……。考えただけでゾッとする。自分もみんなも、きっともっと荒《すさ》んでいただろう。

園長の人柄はそこに暮らす子どもたちにとって人生を左右するほどの大問題なのだと、大げさでなく思う。

だから今の園長がとんでもない人物かもしれないと聞いて、確かめもせず放っておくことなんてできなかった。

大人の事情で子どもの人生は変わってしまうけど、子どもにはその大人をすげ替える権限は与えられていない。波間に浮かぶ水草のようにただ流されるだけだ。不安で心をいっぱいにしたまま……ゆらゆらと……。

もし自分にできることがあるのならしたい。子どもたちのために。そして自分のために。なにかができると、自分にも生きる価値があるのだと思えるから。


星楓園は小高い丘の上にあった。たぶんまとまった土地が必要だったから、こういうところに建てられたのだろうと思うけど、子どもの頃はなんだか世間と隔離されているようにも思えたものだ。

おまえたちは普通の子たちとは違うんだから、近づくな、悪影響がある——。八割方、被害妄想だったと思うけど。

「こんにちはー」

勝手知ったる我が家だった頃とはかなり変わってしまっていた。

以前は鉄筋コンクリート造りの白くて四角いどこにでもあるような建物だった。中に入ればすぐに子どもの声が聞こえ、雑多に積み上げられた荷物が生活臭を漂わせる。汚れや傷もすさまじかったが、それがなんの特徴もない建物に温かみを生んでいた。

しかし今、自分がガラスの扉を開けて入ってきた建物は、グリーンの三角屋根に白い壁、洒落《しゃれ》た小窓など、昔に比べればデザイン性は格段に上がっていたが、どこかよそよそしい雰囲気があった。無駄に広いロビーに子どもの気配は皆無で、生活の場という感じがまったくしない。小さなリゾートホテルのエントランスにでも来たような感じだ。

ここで暮らしていれば、もしかしたらそうは感じないのかもしれないけど。

「おかえり、春也くん」

「元気そうですね、房枝《ふさえ》先生」

笑顔で迎えてくれたのは顔なじみの職員だった。定年近い温和な笑顔の女性で、怒るということをあまりしない人。春也たちがいた頃からの職員はもうこの人だけだ。この人がいなくなったら、おかえりと言ってくれる人はいなくなるのかもしれない。

「いらっしゃいませ」

奥から出てきた男の低い声に笑顔だった房枝の表情が曇る。それを見て、珍しいなと思う。あまりこういう顔はしない人だったから。

「こんにちは、原口《はらぐち》さん」

それでも春也は男に向かって愛想よく挨拶を返した。

ここに来るたびに見る職員なのだが、持っている印象はあまりいいものではない。

歳は多分、春也たちと同年代。きっちり撫でつけた髪と冷たく整った顔立ち、背も高く格好もきちんとしていて隙がない。あまりにも隙がなさすぎる。施設の職員というより、官僚か政治家の秘書とでもいった雰囲気なのだ。

ブランドもののスーツなど着て、いったいこの人はここでなんの仕事をしているのだろうか……。

そんな単純な疑問さえぶつけるのを躊躇《ちゅうちょ》してしまうような、人を拒絶する冷たさが全身からにじみ出していた。

原口という名前は春也の中では腹黒と変換されている。それで名前を覚えていたのだが、いつかそう呼んでしまいそうなのがちょっと恐い。

「今日はなんのご用です？」

房枝はスリッパを出してくれたのだが、原口はそれさえ履く必要はないというように慇懃《いんぎん》に問いかける。

「原口さん、この子はここの卒園生です。用などなくても帰ってくるんです」

強い調子で言って、房枝が春也の腕を引いた。春也はつんのめるようにして靴を脱ぎ、スリッパを履いて引かれるままに奥へと歩きだす。

ちらと振り返れば原口が冷たい目でこちらを見つめていた。

「本当にもう、あの人はなぜここにいるのかしら」

房枝はブツブツと呟く。

「あの人、ここでなにをしてるの？」

ちょうどいいので質問をぶつけてみる。

子どもの世話をしているとはちょっと思えなかった。

「事務長っていう肩書きになってるわね。園長の息子よ」

「へえ、似てないね」

「養子なんですって。名字が違うのもそのあたりの理由らしいわ。詳しくは知らないんだけど。お金に関することは全部あの人が握ってるの」

それを聞いて噂が一気に信憑性《しんぴょうせい》を帯びる。

お金に関する不正があるならあの男が知らないはずがない。いや、率先して行っているかもしれない。それはとても可能性の高いことに思えた。

「ここの職員に重要なのは、いい大学を出ていることでも、金勘定に優れていることでもないわ。いかに子どもを愛しているか、よ。たとえ事務方でもそうあるべきだと私は思うの。子どもが嫌いなら他の職場を見つければいいのに。優秀なんだそうなんだから」

かなり鬱憤《うっぷん》が溜まっているらしい。

「園長の方は……」

その人柄などを訊こうとしたのだが、

「あーっ、ハル兄ちゃんだ！」

子どもの声に阻まれる。ひとりの声に反応して子どもたちが集まってくる。

ここは収容人数五十人ほどの県内では大きい方の施設だ。下は三歳から上は高校生までの子どもたちがいくつかのグループに分かれて生活している。

小学生以下は少ないのでひとまとめで、あとは四人部屋か二人部屋か。高校生になると自立に向けて、職員一人と五人ほどで別棟のグループホームに住むのでここにはいない。

そういう基本的なシステムは以前とあまり変わりないらしい。

ただし部屋や調度は確実に良くなっていた。それなのに子どもたちの身なりは以前と変わらず。都会のおしゃれな小学生を見慣れたせいで自分の目が肥えている、なんてことではないと思う。

「ハル兄ちゃん、どうしたの？　遊びに来てくれたの？」

毎年、こどもの日やクリスマスといった行事にはできる限り参加しているので、けっこう多くの子どもたちが春也を覚えてくれている。

施設出身の社会人、という存在は彼らの夢と希望なのだ。弁護士になった功誠などはそれこそスターだろうが、別に特別な仕事をしている必要はない。ちゃんと社会に出て普通に暮らしている、それだけでいいのだ。春也たちもそういう先輩たちの姿に元気づけられてきた。

「みんなの顔が見たくてね。元気だった？」

前からいる子が新しく入ってきた子に春也について説明を始める。どこか自慢げに。施設に長くいていいことなんてほとんどないのだから、そういう楽しみは奪わない。

小学校の先生なのだと聞くと、子どもたちは少しだけホッとした表情になる。普段自分たちが接している身近な大人だからだろう。

娯楽室で子どもたちと遊びながら、慎重に職員たちにも目を配る。保育士や児童指導員、栄養士など、職員の数もけっこう多いのだが、どの顔もみな疲れているように見えるのが気になった。

施設の職員がハードワークなのは確かだが、忙しくて疲れているというより、なんだか精彩がないというか、ちょっと大げさだが生きることに疲れているような顔なのだ。

そして中に、邪魔なものでも見るような一瞥《いちべつ》を投げて通り過ぎる職員がいる。あの目が子どもたちに対する時だけ優しくなる、なんてことがあるのだろうか。

いればいるほど不安がつのる。空気がどこか病んでいる気がしてしょうがない。子どもたちがしきりに外で遊ぼうと誘うのもそのせいかもしれない。今日も外はかなり寒いというのに。

園内の様子はざっと見たし、子どもたちに話を訊くには外の方がいいかもしれないと引かれるままに外に出た。

施設の庭は街角にある公園のような感じだ。タイヤが埋め込まれていたり、土管が横たわっていたり、鉄棒、滑り台にブランコ、ジャングルジムといったちゃんとした遊具もある。ここは春也たちが遊んでいた頃とあまり変わっていない。

こういう遊具などを扱う会社からは賄賂が受け取れなかったのだろうか……と、すでにしっかり偏見に満ちた考え方をしている自分に気づいて溜め息が出た。まだなんの証拠もない状態だというのに。

　でも今この施設がどこかなにかおかしいのは確かだと思う。これも確かな根拠はないカンだけど。

「あれ？　これはどうしたの？」

　はしゃぎ回る小学校高学年の男の子の胸元に、赤黒いみみず腫《ば》れのような痣《あざ》があるのに気づく。普段は服に隠れて見えない場所だが、動き回るので襟首のところから見えたのだ。不自然な場所にある変な形の痣。とても痛そうな色味で、思わず問いかけていた。

「え……あ、これは……」

　とっさに痣のあたりを手で隠し、それっきり黙ってしまう少年。それを見た数人の子どもたちが微妙に視線を逸らしたのに春也は気づいた。

「あの、あのね、武史《たけし》くんは叩かれたの――」

　春也にぴったりとくっついていた、武史と同じ年頃の女の子がポソリと言った。途端に場の空気がヒヤッと凍る。

「ち、違うよ、ぶつけたんだよね、武史くん」

　他の子たちが慌ててフォローに入る。その視線がちらっちらっと自分の背後に逸れることに気づいて、春也は振り向いた。

　笑みを浮かべてひとりの職員が近づいてくる。それはさっき娯楽室でこちらを冷たい目で見ていた職員の一人、体格のいい男だった。

「さ、みんな、時間だから部屋に戻ってー」

「時間？」

日曜日の、夕食にもまだ少し余裕のあるこの時間に、なにがあるというのか。

しかし春也の怪訝な顔に答えてくれる人はいなかった。子どもたちはチラチラと春也を名《な》残《ごり》惜しそうに振り返りつつも職員に逆らうことなく部屋へと足を向ける。

「ハル兄ちゃん、また来てね」

「絶対、絶対来てね」

そう口々に言う顔がなんだかどれも切羽詰まって見えるのだ。職員にしっかり腕を摑まれているのは、さっき武史は叩かれたのだと言った少女。その顔は引きつり固まっているように見えた。

「え、ちょっと待って。もう少しだけ」

話をしたくて食い下がろうとしたのだが、

「規則ですから」

冷たく切って捨てられた。

「叩かれたってどういうことですか？」

直球の質問を職員にぶつける。職員は不機嫌そうな面持ちで、

「子どもの戯《ざ》れ言を信じないでください。あなたの気を引きたかったんでしょう」

吐き捨てるように言った。

「戯れ言って……」

気を引くための嘘《うそ》だとでも言うつもりなのか。

子どもたちはなにを反論することもなく、駆け足のように部屋へ戻っていった。

庭にひとりポツンと取り残されて途方に暮れる。

「絶対あいつ、腹黒の一派だな」

職員の後ろ姿を見つめ呟く。根拠は冷たい態度が共通するということのみ、なのだが。

「どうされました？　高槻さん」

突然呼びかけられてハッと横を向く。まったく気配を感じなかったのに、かなり近くまで原口が来ていた。

「え、あ、いえ……この時間からなにかあるんですか？」

問いかければスッと細めた目でじっと見つめられる。

「さあ。私は子どもたちのことにはノータッチで。存じ上げません」

「……そうですか」

房枝が怒りたくなる気持ちがよくわかる。ここで働いていて子どものことにノータッチって、そりゃなんだよって感じだ。

「それじゃ、帰ります。また来ますから」

そう言えば原口は嫌な顔をするだろうと期待して言ったのだが、原口は少しも表情を変えなかった。相変わらずの澄ました冷たい顔で、

「高槻さん」

春也の名を呼んだ。

「はい？」

なにを言われるかと身構えれば、

「そのメガネはダテですか？」

意外なことを訊かれる。

「え、いや、一応度は入っていますが」

一応という程度で、外していても日常生活に支障はない。ただ、ちゃんと見えないと不安なのだ。せめて教室の隅から隅くらいまでは。

「そうですか。私はまた虫除《よ》けなのかと思いましたよ」

「虫除け？」

メガネに防虫効果などあるなんて聞いたこともないのだが。

「効果があるかどうかは疑問ですけどね……」

それはそうだろう、というようなことを言い、口元にだけ笑みをはいて原口は去っていっ

た。

「なん……なんだ、いったい」

わけがわからない。

初めて見た笑みと呼べる表情にも少しの温かさも感じられず。かえって冷血っぷりを際立たせるアイテムになっている気がする。

「本当に、なんでここにいるんだ？　あの男は」

ふさわしくない職員の存在。それもここにある異状の一端に思えてしょうがない。胸騒ぎがする、というよりはもっと現実的な危機感をともなって。

ここでなにかが起こっている。子どもたちから笑顔や自由を奪うようななにかが。

それは、子どもはすべからく幸せであってほしいと願い、その一助になろうと教師になった春也にとって重大な事件だった。

——いったい自分になにができるのだろう……。

大人とはいっても無力な自分にできること。

帰りの電車の中ではずっとそればかりを考えていた。

◇◆◇

二月は短く、そして忙しい。

受け持っている六年生はもちろん三月に卒業だ。

春也の育った田舎《いなか》ではほとんどの生徒が公立の中学校に持ち上がったが、ここでは私立の中学に進む生徒がかなり多い。入試関係は一月中に終わったのだが、受かった生徒もいれば落ちた生徒もいるわけで。公立中への入学手続きなどの事務処理から子どもたちの心のケアまでフル回転だ。卒業に向けた諸々《もろもろ》の準備もあり、休みはあってなきがごとし。

それでも時間を見つけては園におもむいたが、門前払いをくらう確率はかなり高かった。規則という名の壁。房枝が強引に通してくれても、面会時間は短く、子どもたちの口は以前よりさらに堅かった。

なにか話したげにも見えるのだが、次はいつ来るかもわからない来訪者にそれを告げようという気にはなれないようだ。

春也はもう確信している。なにかがある、と。

子どもたちの表情にある、諦めというか達観のようなもの。もしかしたら過去に行動を起こしているのかもしれない。そう思って園の子どもが通う小学校に電話してみた。

結果はビンゴだった。

園の六年生の子ども三人が学校の教師に園で行われている体罰を訴えたらしい。

その教師はちゃんと園に行って事実関係を問いただしたらしいのだが。

『それが、とても感じのいい男の方が対応されましてね。躾《しつけ》に熱心になるあまり一部の職員が子どもたちにきついことをしてしまったのかもしれない。今後は厳しく監督するけれど、子どもの言うことをすべて鵜呑《うの》みにされても困る。甘やかすばかりじゃこの子たちの将来に差し障りがあるから、と。それはもう、筋の通った話し方で、子どもたちの未来を案じる気持ちが伝わってきて、この方なら大丈夫と思ってお願いしたんです。もちろん、その後子どもたちにも話を聞いてますけど、体罰はなくなったそうですから』

若そうな女性教師は自分のやったことに満足、とでもいった感じで饒舌に説明してくれた。

「ちなみにその対応した職員の名前はわかりますか」

訊いてみれば、

『えーと、確か原口さん、だったかしら。きちんとしたステキな方でした。笑顔がとても優しくて……』

うふ、などという笑みが電話の向こうに見える気がした。

てめーの目は節穴か！　と言いたい気持ちを押し殺し、礼を言って電話を切った。

あの笑顔のどこが優しいと……。いったいなんの冗談かと思うけれど、あの男なら若い女性の目をくらませるくらいわけないかもしれない。元の造作《ぞうさく》は整っているわけだし。口も演技も上手《うま》そうだ。

これでもう確定した。絶対に体罰……いや、虐待が行われている。子どもたちが口を噤《つぐ》んだのは、しゃべると事態は悪化するだけだと学習してしまったからだろう。

あの子たちは「耐える」という選択肢を選んだのだ。じっと黙って耐える。いつか出て行く日まで。

それではまるで刑務所だ。罪のない、元々ハンデを背負っている子どもに、なぜさらなる負荷が与えられなくてはならないのか。

園にいた頃、自分も早く大人になって独り立ちしたいとは考えていたけど、それは悲愴な気持ちからではなく、もっと前向きで希望に満ちた気持ちからだった。

春也の中で気持ちが固まる。

実行に移すことにもう迷いはなかった。

春也が裁判所に足を運んだのは卒業式も間近な三月の肌寒い日だった。

初めて入るちょっとレトロを感じさせる石造りの建物を物珍しく見つめる。中も物々しく威厳に満ちた感じなのかと思いきや、わりと普通だった。傍聴の勧めだとか、開かれた裁判所だとか、なんとか親しみを持たれようと頑張っている様子が伝わってくる。

しかし正直、あまり親しみたい場所ではない。

ここに来るのはほとんどがトラブルを抱えた人なわけだから。当事者になどなりたくないに決まっている。

春也が今日ここに来たのは、教え子の親がその当事者になってしまったからだ。今日判決が出るというので聞きに来た。来てほしいと頼まれたわけじゃないが、やはりどうしても気になって。

「先生！」

伊丹は春也を見つけてとても驚いた顔をした。

今日が判決の日だと知ったのは、母親から欠席の理由としてそれを聞かされたからだ。

いくらしっかりしているとはいえ、まだ小学生の子どもに、たぶん負けるだろうという判決を聞かせるのはどうかと思ったが、本人がどうしても行くと言ってきかないのだと、母親は電話口で狼狽《ろうばい》していた。

「先生、学校は？　いいの？」

「授業のない時間だったからな」

授業がなくても無論忙しいのだが、ものには優先順位がある。

「ありがとう、先生」

伊丹は相手を思いやるような少しだけ大人びた顔で笑った。

それでもその瞳はまだ無垢で、未来を信じているように見えた。

正義は勝ち、悪は滅びる——騙した方が悪いとちゃんと判断してくれるはずだ、と。

法廷に入り、傍聴席で伊丹の横に腰掛ける。狭い法廷だった。原告側には憔悴《しょうすい》した顔の伊丹の父親と弁護士が座っている。元は羽振りのよい商店主だったのが、知り合いの男に騙されて身ぐるみ剝《は》がされてしまったのだから、憔悴しているのは当然だろう。

そして反対側、被告側に目を向けて、そこに見つけた姿に鼓動がトクンと跳ねた。

——功誠。

その顔を見るのは一ヶ月ぶりだった。

弁護人席に端座し、机上の資料を見るように瞼を伏せている。濃いグレーのスーツ姿に隙はなく、背筋もピンと伸びていた。功誠がこちらに気づく様子はない。

そのままじっと見つめていると、功誠はフッと頰にかかる髪を長い指でかき上げた。ただそれだけの仕草が、神聖な法廷で言うべきではないのだろうが、とても色っぽかった。

胸がドキドキすると同時にハラハラして、春也は思わず周囲に目を配った。自分以外の誰

かがそれに気づいてはいないかと。

幸いというか当然というか、被告側弁護士のそんな色気に打ちのめされているのは自分だけのようだった。なんといっても傍聴人が伊丹の家族と知人しかいないのだ。被告の弁護士など悪の手先にしか見えないだろう。

その悪の手先にドキドキしている自分が、ひどい裏切り者であるかのように感じて、判決を聞く前から気持ちが沈む。

功誠の経歴に傷がついても伊丹の父に勝ってほしい気持ちが強いのは確かなのだが——。

しかしやっぱり、判決は無情だった。

「原告の請求を棄却する」

裁判官の声が響くと、傍聴席から溜め息がこぼれた。やっぱり……という色合いが濃い。被告側が代理人の功誠以外、出廷していないことがやりきれなさに拍車をかける。目の前で喜ばれてもむかついただろうけど。

負けたのだと聞かされた伊丹は可哀想なほど打ちのめされていた。どうして、どうして？　声にならない心の叫びが聞こえてくるかのようで、胸が痛かった。

これは民事で、刑事裁判になるとまた違う判決が出るかもしれないが、上訴しない限りこれで決まりだ。

春也は功誠の顔を窺った。その冴《さ》えた容貌《ようぼう》に感情と呼べるものは見受けられない。淡々と己の仕事をまっとうするのみという感じ。

法廷を出て伊丹に声をかけようとしたのだが、その姿が見当たらなかった。家族の人たちも気づいて裁判所内を捜そうとした時、廊下の先から大きな子どもの声が聞こえてきた。

「どうしてあんな奴らの味方するんだよ！　騙した奴の方が悪いに決まってるだろっ！　あんな奴らが幸せになって、ウチが不幸になるなんておかしい。あんた、あんな奴らの弁護して恥ずかしくないのか!?」

声の方に駆けていって、伊丹が対峙《たいじ》する相手を見て固まってしまう。

赤い顔で伊丹が睨みつけているのは、はるか高い位置にある静かで鋭い容貌。子どもの叫びにもまったく表情を動かさない功誠は、誰の目にもはまりすぎのヒールだった。

その光景に胸がキリキリと痛んだ。

なんとか功誠を庇いたかったけど、伊丹の気持ちが痛いほど伝わってくる。きっと伊丹の叫びはここにいる大人たちも少なからず思っていたことだ。

それが弁護士の仕事だと頭ではわかっていても割りきれない思いがある。

功誠は静かに伊丹を見下ろしていた。その口からなにか辛らつな言葉が吐かれるのか、無言で通り過ぎるのか。

春也は後者だろうと思っていた。子ども相手に熱くなるような奴ではないし、傷つける言葉を不用意に用いることもしないはずだから。

しかし予想に反して功誠は口を開いた。

「恥ずかしくはないな。法律ってのは幸せの上に胡座《あぐら》をかいている奴を護るためにあるわけじゃない。問題が発生した時に片をつけるためのただの文書だ。そもそも、金を手に入れた奴が幸せになるなんて考えは、おかしい」

功誠は目の高さを揃えるようなことはせず、顔色も変えずに淡々と話す。

「な、なんでだよ。あいつら、お父さんのお金を騙し取って、ヘラヘラ笑ってんだろ」

「そんなことが幸せなものか。幸せってのは金の量で決まるもんじゃない。自分の力で摑み取るものだし、慎重に護らないと簡単に壊れてしまうものだ。それをあって当然のものだと思っていたのなら、親に感謝するんだな。おまえは今まで恵まれていたんだよ」

言葉も子どもに合わせてソフトに、なんていう気遣いはまったく感じられなかった。

その身長差と態度から思いっきり見下しているように見えるが、態度を変えないのは伊丹をひとりの人間として扱っているからなのかもしれない。子どもの目線におりて話をするのは、相手を子どもだと思っているからで、相手が大人であれば普通、身長差を合わせるようなことはしないから。

それを感じるのかどうなのか、伊丹は黙って功誠をじっと見上げている。

「金がなくなっても、おまえには家族がいる。マイナスでもゼロでもない、まだプラスだ。やり直すには恵まれている」

さらりと言い置いて、功誠は伊丹の脇を抜け、建物の奥へと消えていった。

その言葉にハッとしたのは伊丹より聞いていた大人たちの方だったようだ。

なにもかも失って、マイナスもマイナス、どん底の気分だっただろう。家族がいるということすらマイナス要素に感じられていたかもしれない。

だけど、なくしても取り戻せるものと、二度と取り戻せないものがある。

大事なものほど取り戻せないもので……なくしてしまってから気づいても、もう遅いのだ。

難しい顔で黙り込む伊丹の両親を置いて、春也は伊丹に近寄る。

「伊丹、あいつの言ったこと、わかるよな？」

春也はやっぱり子どもの目線におりた。癖というのもあるのだろうが、子どもの表情をよく見て話をしたいから。

伊丹は頷かなかったが、わからないとも言わなかった。

「壊れちゃった幸せは戻らないかもしれないけど、これから新しくつくることはできる。大変だろうけど、今度は伊丹も協力して家族で力を合わせてつくっていけばいい。先生は、伊丹にならできると思うよ」

肩に両手を置き、元気づけるようにポンポンと叩く。

伊丹はしばらく葛藤《かっとう》するように黙り込んでいたが、顔を上げると春也を見て少し笑った。

「うん、頑張る。今度は僕がお父さんとお母さんを幸せにしてあげるよ」

はっきりした声と甘えを捨てた瞳。その瞳は未来を見据えていた。

「よし、頑張れ」

その頭をグリグリと撫でると、伊丹は少し照れくさそうな顔になって心配顔の両親の元へと走り寄った。

「行こっ！」

笑顔で両親の手を取り力強く歩き出す。両親の顔も思わずほころび、こちらに頭を下げると、子に引かれるようにして歩いていった。

その姿が少し羨ましかった。

やっぱり、家族っていいなあ……と思う。

帰っていくその背を春也は目を細めて見送る。と、不意に左後方から視線を感じてそちらに顔を向けた。

くすんだ白い壁に背を預けるようにして、黒いコートを羽織った功誠が立っていた。

「功誠……おまえ、いつから俺がいることに気づいてたんだ？」

まったく驚いたふうでもない功誠に問いかける。

「法廷に入ってきた時から」

最初から気づいていたらしい。そんなふうにはまったく見えなかったが。

「ありがとな、功誠」

「なにが」

「いや。功誠はやっぱり功誠だったなと思ってさ」

「……なにを言ってるんだか」

憮然とした顔で立ち去ろうとする功誠を呼び止める。

「俺さ、決めたから」

決然と春也は言う。決めたのはもうちょっと前のことだけど、功誠の言葉を聞いてはっきり腹が決まった。

手が打てるうちに動かないと後悔する。取り返しのつかないことになる。

「なにを？」

「俺、学校辞めるから」

「は？　なんだと？」

功誠の顔色が一瞬にして変わった。

「今度、園に勤めていた職員がごっそり辞めるらしい。で、補充の採用試験を受けたら案外あっさり採用が決まって。だから俺、春から園で働く」

面接官は園長と原口だった。それを見て、採用は無理かと半ば諦めていたのだが、翌日にはなぜか採用の連絡が来た。挨拶に行くと、「体罰を加えていた職員を辞めさせたので、小学校の先生が来てくれるのは願ってもないことだ」と園長は上機嫌だった。

本当は、辞めたのはほとんどが園の現状に批判的だった職員らしいのだが。

「おまえがそこまでバカだとは思わなかった」

功誠が険しい顔で絞り出すように声を発した。

「え？」

「小学校の先生になるのはおまえの小さい頃からの夢だっただろうが。そのためにおまえあんなに……。そんなに簡単に捨てられるようなもんだったのか!?」

大学受験の時には功誠にかなり助けられた。参考書を買うか、後のために貯金するかで大真面目に悩んでいると、参考書なんか必要ない、俺に訊け、とむかつくほど偉そうに言って助けてくれた。

目標のために必死だった。そんな時間をともに過ごしたから、投げ出そうとする春也が許せないのかもしれない。功誠には怒る権利があると思う。

「簡単じゃないけど……今はもっと大事なものがあるから」

「バカなこと考えるな。おまえはなんでそうやって――今すぐ考え直せ！」

功誠らしからぬ激昂《げっこう》に驚く。ビックリした春也の表情を見て、功誠もハッと我に返ったように顔をしかめた。

「……あの園長は金のためならなんでもする男だ。あの男が組んでいる弁護士だってろくなもんじゃない。いつも和解ですませているが、半ば脅しだ。おまえの太刀打ちできる相手じゃない」

トーンを落として努めて冷静にそう付け加えた。

「調べてくれたんだ、功誠」

笑顔を向ければ功誠はさらに憮然とした顔になる。

「そんなことはどうでもいい。とにかく考え直せ。一時の感情に流されるな。今は戻ろうったって簡単には戻れないぞ、教職は」

「わかってるよ。でも、俺が学校の先生になりたかったのは、亡くなった親の職業だったというのもあるけど、それより、ひとりでも多くの子どもが笑って過ごせるように、その手伝いをしたいと思ったからなんだ。前の園長みたいに……。目の前に困ってる子どもがいるのに、それを見ないふりで学校の先生っていう職業にしがみつくのは、俺にとって意味がない」

功誠は黙っていたが、睨むような瞳の色は変わってない。

「先生の代わりはいっぱいいるけど、園の子どもの本当の辛さがわかる人はきっと少ないと思う。助けてあげたいと思うし、それに……俺は俺の大事な場所を守りたい。あの家の中で苦しんでいる子がいるかもしれないっていうのが、許せないんだ」

仲間との……功誠との大事な思い出がいっぱい詰まった場所なのだ。改築されて見た目はすっかり変わってしまったけれど、中にいる子どもたちは今も変わらない、わけあって親と暮らせない辛い境遇の子どもばかり。

前の園長は、あそこを「子どもの楽園」にしたいと言っていた。

「あそこを地獄だなんて思ってほしくないんだ」

真っ直ぐに功誠の目を見て訴える。

「だからって……おまえじゃ捻り潰されるのが落ちだ。残ってる職員にだって、どうにかしようっていうマトモな奴はいるだろうし、外部の監視機関を設立するって方法もある」

功誠は言ったが、どういう答えが返ってくるのかわかっているようだった。

「俺にできることがあるんだ。しない手はないだろ」

しばらく互いの目を見つめ合って、功誠は諦めたように口を開いた。

「本当におまえは――。もっと損得考えろよ」

「考えてるよ。だけど、したいんだ。教員免許持ってて本当によかったよ。こんな再就職に活《い》かせるとは思ってなかったけどね」

したいと思ったことができるのはすごくありがたいことだ。

笑顔を向ければ、功誠は吐き捨てるような溜め息をつき、目を逸らした。まったく納得できない、けど、もうなにを言っても無駄だろう――そんな顔だ。

「そして俺、おまえに頼みがあるんだけど」

じろりと功誠がこちらに視線を戻した。

「俺、やっぱりおまえに協力してほしい。訴えることになるかはまだわからないけど、いろいろ法律関係の知識が必要になるはずだから」

「熱血弁護士を捜せって言っただろうが。弁護士になろうって奴には元々正義感のかたまりみたいのが多いんだから、すぐに見つかるさ」

「そうだろうけど……でも、やっぱり功誠がいい。今日見ててそう思った。おまえに頼みたいんだ」

裁判を見てというより、伊丹と話していた功誠を見て。かつて俺の……俺たちのヒーローだった功誠がちゃんとそこにいたから。

「おまえは……。俺に近づきすぎるな。痛い目見るぞ」

功誠は脅すように言ったが、その顔はどこか苦しげだった。

「大丈夫だよ、痛い目にはけっこう慣れてる」

安心させるように笑顔で言い返せば、功誠は本当に救いようのないものを見る目で春也を見て、再び溜め息をついた。

「引き受けてやってもいい。が、条件がある」

しばらく思案した後、功誠はそう口火を切った。

「なに？　俺にできることなら、なんでも呑むよ」

できることなんてたかがしれてるけど。

「抱かせろ」

「は？」

一瞬、言葉の意味がまったく理解できなかった。ダカセロってなんだろう？　と。

「おまえを抱かせろ。そしたら弁護も、それ以前の助言もボランティアでしてやる」

「え、それって――、功誠が、俺を？」

半信半疑で聞き返す。

「そうだ」

「……俺で、いいの？」

「ああ」

まったく予期せぬ言葉だった。よもや功誠の口から、自分に向かってそんな言葉が吐かれるとは、まったく夢にも思っていなかった。

「いいよ」

でも答えはあっさり出る。笑顔で、即答だ。

「おまえ……意味わかってるのか」

「わかってるよ。功誠がなんでそんなことを条件にするのかは、さっぱりわからないけど」

落ち着いて言い返せていると思う。ものすごく、激しく動揺しているけど、理由もわからないけど、拒むなんて選択肢は浮かびもしなかった。

「俺はゲイだからな。ノーマルな男が女に出す条件としちゃ、そう突飛でもないだろ」

「功誠が、ゲイ？」

「そうだ。女を探すより男を探す方が手間だし面倒なんだ、いろいろとな。最近忙しいし、この際おまえでもいいかと思っただけだ」

なるほど、筋が通っているようないないような……。冷静な分析は今は無理だ。

功誠がゲイだという告白に頭の中がぐるぐるしている。おまえでいい、なんていう失礼な言葉に憤りを感じることもなく。

「そ、そうか……」

理解したような顔で頭を上下に動かした。

半ば放心状態の春也の腕を、功誠はむんずと摑み、表に向かって歩き出す。

「え、え、功誠？」

「いいんだろ。行くぞ」

引きずられるように歩く。

「どこへ……」

「ホテル」

「え、ええ？　今？」

玄関を出たところで足を止める。

「今、だ」

「ちょ、ちょっと待ってよ」

「……やめるか」

「いや、そうじゃなくて。俺、学校に戻らないといけないし、それに……少しだけ時間をくれない？　……その、やっぱり心の準備ってやつが……」

あたふたと言い訳を口にした。

「そんなの、しない方がいいと思うがな」

「あ、いや、その……依頼を引き受けてもらう条件に、値するだけの身なりを整えてというか、その……」

「まあ、いい。時間をやるからよく考えろ。ガキどものために自分を犠牲にするのが妥当なのかどうか。もし気が変わらなければ土曜の夜九時、ベイサイドのホテル・ネストに来い。来なけりゃ来ないでかまわない」

功誠は一方的に言い残して去っていった。


春也にとってこの条件を呑むか呑まないかというのは、子どもたちのために自分を犠牲にするなんていうこととは、まったく別次元の問題だった。

これに限っていうなら、子どものためということは二の次だ。

失望させるくらいなら、これまでの関係が崩れてしまうなら、やめるべきだと思う。

しかしこんな機会は二度と来ないだろう。

ゲイだというのにも驚いたけど。それよりなにより、功誠が自分を抱こうなんて気になるということが信じられなかった。

「俺でもいいんだ……」

嘘みたいだ。

絶対に実らない想いだと思っていた。いや、想いが実ったわけじゃないけど、体だけなら繋《つな》がることができるらしい。功誠の気が変わらなければ。

いっそ、あのまま抱かれていた方がよかったのだろうか。

でも——、できることならちゃんと抱かれたくて。そして、できるならもう一度抱きたいなんて思ってほしくて……。今の自分ではそれは絶対に無理だと思うから、そのために努力する時間が必要だった。

卒業式は間近に迫っているし、施設の方にもなるべく多く顔を出したい。

そんなことを考えている暇はないはずなのに、ふと気がつくとそのことばかり考えている。

昼間はわざと忙しく動き回った。そして夜、家に帰ってから買ってきた本を読み、ネットを漁《あさ》り、情報を収集する。

どんな情報かといえば、「男と男の愛し合い方」とか、「男を虜《とりこ》にするベッドテク」、「抱きたい女になるために」なんていう、教師にあるまじきものばかり。さすがに近所の書店では買えず、わざわざ就業後に電車で遠出して買い求めた。

前準備もなく当たるのは恐ろしすぎた。失望されることだけは避けたくて、必死で予習した。学生時代から前準備には余念がなく参考書が大好きだった。受験の時には功誠が参考書代わりを務めてくれたわけだが、今回はそういうわけにもいかない。

知識だけでなく、本当は予行練習もしたいくらいだったが、さすがにその勇気はなかった。時間的余裕もなかったのだけど。

「先生、なにしてんの？　飴《あめ》舐めてるの？」

子どもの無邪気な声にハッと固まる。口の中で舌が平素にないひねりを加えた状態で停止していた。

昼休み、ベンチに座って「参考書」に書いてあった舌技を思い出しているうちに舌が動いていたらしい。顔がカーッと熱くなる。

——お、俺は、なんてことを……。

ニコニコ笑いながらこちらを見る純な瞳が六対。

「や、えっとね……、やっぱ練習って大事だと思って……」

しどろもどろの春也の言い訳に子どもたちはキョトンとしている。

それはそうだろう。理解されても困る。男をその気にさせる技を練習中なんてことは。

自分がひどく汚れた人間であるような気がした。打算的で、卑怯《ひきょう》な思惑もあって。だけどそんな自分がけっこう嫌いじゃない自分の感情が不可解だ。

汚れた大人の純粋な欲望――この子たちにもいつかそれがわかる時が来るだろうか。

「なんの練習？　あ、卒業式？」

子どもたちの話題は卒業式の練習のことに逸れていった。

そのうち、あの先生と、あの先生は絶対あやしい、なんていう主婦も真っ青な下世話な井戸端会議に突入し、春也は苦笑する。

「ね？　先生もそう思うでしょ？」

「え、ああ、どうだろうね。でも、人を好きになるってことはとても素晴らしいことだと思うよ」

明言は避けつつ断言する。

「先生、好きな人いるの？」

一人の少女が興味津々という顔で訊いてくる。

「うん、いるよ」

「えーっ！」

子どもたちは俄然《がぜん》盛り上がる。どんな人？　美人？　年上？　……質問責めだ。

「とてもステキな人だよ」

「付き合ってるの？」

そう訊く少女の顔は少し曇っていた。それを晴らすような笑顔を向ける。

「そうなれたらいいと思って、今頑張ってるところだよ」

心の繋がっていない相手を体で繋ぎ止めようとしているという、まったく美しくない努力なのだが。

好きな人がいると功誠を思い浮かべて言ったのは初めてだった。

自分自身にさえ認めちゃいけないと言い聞かせていた感情を、モラルに反することは絶対に口にしちゃいけないと節制していた子どもたちに向かって堂々と口にしているのはなぜなのか。

たぶん、好きな人を想う気持ちや、その人に気に入ってもらおうと曲がりなりにも頑張れることが、自分に幸せをもたらしてくれているからだろう。

諦めよう、押し止《とど》めようと思っていた時には、この感情はマイナスでしかなかった。子どもたちに向かって口にする意味がなかった。

この子たちに幸せになってほしいと思うから、幸せな気持ちを伝えたい。

「みんなには好きな人がいる？」

問いかけに対する反応はさまざまだった。照れる子、いると明言する子、付き合ってるという子もいた。

「みんなが幸せになれるように、先生はいつも祈ってるよ。頑張って」

一人一人の豊かな表情に笑顔を向ける。

「私も、先生が幸せになれるように祈ってあげる。両想いになれるといいね」

私も！　僕も祈ってあげる！　という声に包まれて不覚にも泣きそうになってしまった。

もしかしたら自分の上にも幸せがやってくるんじゃないか、そんな希望を子どもたちにもらう。

今だって充分幸せだ。

大きな幸せはいらない、小さな幸せがちょこちょことあればそれでいい。ずっとそう思ってきた。今もそう思っている。

だけど、失うことを恐れる臆病《おくびょう》さも、本当に欲しいものに向かって邁進《まいしん》する心を止めることはできなかった。

もう止まらない——。たとえ深く傷つくことになろうとも。


「珍しいわねえ。ハルが自分から髪切ってって言ってくるなんて。いつもはこっちが見るに見かねてハサミ入れるまで放置なのに」

明日は決戦の日という金曜日の夜。春也はサトシが経営する美容室に来ていた。

サトシは三ヶ月先まで予約が詰まっているような売れっ子美容師なのだが、突然の春也の電話に、閉店後にいらっしゃいとあっさりＯＫを出した。

「ごめんね、疲れてるのに」

申し訳ない思いでサトシに向かって手を合わせる。

店内に人はいなかった。

白い壁と黒い梁《はり》、備品は柑橘《かんきつ》系の温かな色味で統一され、なんだかホッと落ち着いた気分にさせてくれる店内は、サトシの気質にも通じるところがあった。

閉店後のきれいに片づけられた店内を見て、申し訳なさは尚《なお》もつのる。

「気にしないの。あんたと私の仲じゃない。あんたの頼みなら私は夜中にだって駆けつけてあげるわよ。……だけどあんたは、人に助けてほしいとかって言えないのよね」

シャンプー台に座ってサトシを見上げる。ピンクの花柄のブラウスが似合う身長百八十超の男。この服はどこで売ってるんだろう、なんてことをちらりと考えて、反応が少し遅れた。

「え、そんなことは――」

「あるわよ。ちょっと人に頼めばいいのに、なんでも自分で抱え込んでなんとかしようとするんだから。なんでもかんでも一人で抱え込むのはやめなさい。そんなだから、酔ってマンションのロビーで寝ちゃうのよ」

「そ、それとこれとは関係ないだろ」

「大ありよー」

サトシは言ってシャンプーを始めた。サトシの指は心地よく、最近のハードワークもあって眠ってしまいそうになる。しばらくの間、会話が途絶えた。

サトシとは五歳の時から一緒に暮らし、高校を卒業後、先に東京に出ていたサトシと狭いアパートで同居していた。別に住むようになったのは二年前。サトシが出店したのと春也の転勤とが重なったからだ。

サトシを家族と言うのに、一片の迷いもない。自分より自分をわかってくれている人かもしれない。

「で？　どうすんの？　ご希望はありますか、お客様」

いつもは教師らしくという以外はまったくのお任せだ。髪の癖も質も、好みや性格まで熟知している相手に取り立ててなにかを言う必要は感じなかった。

サトシにカットしてもらうと、周囲にも好評だしとてもセットがしやすい。だけど伸びるにしたがって、まとめ方が自分流になり、見苦しくなければＯＫという髪型に落ち着く。それを見たサトシが有無を言わさずハサミを入れるのだ。

功誠の髪ほど頑固じゃないので多少伸びてもそうひどいことにはならないのだが。

「うーん、そうだな。かわいく……いや、かっこよく？　うーん……」

功誠の好みがどんなものだかわからない。

女の子っぽいのが好きなのだろうか……？　でも集めた資料には、ゲイはそういうのより男らしいのを好む人が多いなんてことも書いてあった。

「やっぱ、みっともなくなければそれでいい、かな」

趣味はわからなくても、功誠は「おまえでいい」と言ったのだから。容姿に関してなにかを期待してはいないだろう。

「へえ、なに？　デート？」

サトシがニヤニヤと笑う。

「え、そんなんじゃないよ」

手をブンブン振って否定した。

「ハルがかわいくしなきゃ釣り合わない子なんて、相当かわいい子なんでしょうね……って、かわいい？」

サトシが怪訝な顔になる。

「ハルがかわいくして釣り合う女って考えるより、無理のない線があるわねぇ」

真剣な顔になって、鏡越しに春也の目を覗き込んでくる。

「男？」

ズバリ訊かれた。ドキッと心臓が大きく脈打つ。

サトシに嘘はつけない。というか、すぐばれるし、嘘をつく必要もあまり感じない相手なのだ。それでも今までは隠してきたけれど。

「……やっぱ、男は引くよね」

サトシは物腰やしゃべり方から誤解されやすいが、本当はとんだ女タラシなのだ。

長く結わえた髪や柔らかな物腰が、本来の体格の良さや男前な顔立ちを目隠しし、女性はまるで同性相手のように気負いもなく打ち解けてしまう。

そんな相手に、ある日突然男の顔で口説かれるのだ。

女性というのはギャップに弱いらしい。ストンと落とされて、あとはサトシの独壇場。

「別に。引くわけないでしょ、この私が。個人的には女が好きだけど、ハルなら考えるわよ。というか、問題は性別じゃなくて相手よ、相手。これが、正義感のさわやか熱血教師とかならOKなんだけど、愛想なしのくせに色気はあってお金大好きな悪徳弁護士とかはNG」

「……とかって言うわりに、すっごい限定されてる気がするんだけど」

「で、どうなのよ」

「どうなのよって言われても……そうなのよ、っていうか……」

「えー、マジ!?　とうとう……とうとうこの日が」

「とうとうって、……サトシ？」

「息子を嫁に出す父親の気分だわ」

「それ、ちょっとおかしいと思う」

普通、息子は嫁にいかないし、サトシが父親気分って……いや、男で正解なのだが。

「デートなの？　あのむっつり男とデートすんの？」

「いや、デートとかそういう甘いものじゃなくて。なんていうか、契約交渉？」

「なによ、それ」

「なんでもいいから、とにかく切ってよ」

「あの男のためかと思うと、一気に切る気が失《う》せたわ。功誠はいい男だけど……ああ、女心は複雑なのよ」

「サトシ、女になってるよ」

「しょうがないわね。あいつの鼻の下が伸びるくらいかわいくしてやるわよ。ヤケだわ」

言い放つとサトシは春也の黒縁メガネを取り上げ、そのままじっと鏡の中の春也を見つめた。やがてシャキンとハサミを鳴らすと、音楽が流れはじめたかのように軽やかにそれを躍らせ始める。髪が小気味よい音とともに切り落とされ、あっという間に堅い印象だった頭が、キュート！　てな感じに変わった。長さ自体はそう変わっていないのに、軽い感じになって額《ひたい》や頬で髪が遊んでいる。

「かわいいっていうか、本当はきれい系なのよねえ、ハルは。キリッとしたコリー犬って感じで。でも雰囲気がチワワなのよ。瞳が無垢なのよ。でもってこのほくろがちょっと色っぽくてたまんないのぉ。ああ〜、渡したくないわ〜」

後ろから首根っこに抱きつかれ、頬にキスなどされてしまう。

「サ、サトシ……苦しいから」

サトシの接触好きは今に始まったことではない。時には功誠にだってこういうことをするのだ。自分たちに人肌の愛情というのを教えてくれたのはサトシなのかもしれない。

渋々というふうにサトシは離れた。

「……ま、それでハルが幸せになるならいいわ。功誠も幸せになっていいはずだし。淳之はむくれるかもしれないけどね」

サトシの笑顔は本当に優しい。

「幸せとかそういうんじゃないんだけど……。でも俺、頑張る」

なにを頑張るのか知ったら、さすがのサトシも絶句するだろうが。

「そう。まあ頑張んなさい……と、言いたいところだけど。あんたはほどほどでいいわよ。時々、変な方向に暴走するし……」

不安げに春也を見る。

学校を辞めることはサトシにも話をした。サトシも「あんたがそこまですることはない」と言って、園のことを話したのはあさはかだったと後悔していた。

「でも、それがあんただし、そういうあんたがみんな好きなんだし。いくらでもフォローはしてあげるわよ。ま、私より先にあいつが出るだろうけど」

「ありがとう、サトシ。でも俺、自分の尻ぬぐいは自分でするから。サトシは忙しいんだし、たまにこうしてわがままきいてもらったり、話を聞いてもらうだけで充分だよ」

「だーかーらー、もっと甘えなさいっての。あんたが甘えたら、功誠なんて鼻の下伸びっぱなしでしょうよ。……あら、それも見てみたいわね」

「そんなこと、あるわけないって」

功誠のそんな顔、見れるものなら見てみたいけど……。

「あいつは甘えた人間、嫌いだから」

嫌われるリスクは極力回避したい。

「そこなのよ。施設育ちだからって僻《ひが》みっぽくなったり、劣等感に縮こまったりすると、あの冷たい目でギロッと睨まれんのよね。自分に厳しい人って他人には優しいものなんじゃないの？　遊びがないわよ、あの男には」

憎々しげにサトシは言ったが、次の瞬間、フッと表情を和《やわ》らげる。

「甘やかすのって楽しいのにねえ。あいつも損な性分よぉ」

サトシは春也の座る椅子の肘《ひじ》掛けに腰掛け、春也の頭を抱いて鏡の中で目を合わせた。

「あいつに好かれようと思ったら、こういう性格になっちゃうのかしらねえ」

「なっちゃうって……」

「人を頼らない強さって私たちには必要だったけど。俺がいるから甘えていい、くらい言えっての」

サトシの実は厚い胸板に抱きこまれて、視界がピンクの花柄で埋まる。

「……あいつは、結局人は独りなんだって思ってるから。だから甘やかせないんだよ。それも優しさなんだと思う……」

永遠に一緒……なんてことを言ったら、鼻先で笑われるだろう。ありえない、と。

「そうね。好きな人間にほど厳しいのよね、きっと。なんだか私、めちゃめちゃ功誠に愛されてるような気がしてきたわ」

サトシが冗談めかして笑い、不意に真顔になった。

「でもね、強いだけじゃ幸せになれないのよ。ていうか、はっきり言ってそんなの、邪魔よ、邪魔。弱っている時にこそ、本当の愛って見つかるものなのよ」

熱弁を振るい、遠くを見る目で自分のセリフに酔っている。表情はコロコロと変わり、なかなか忙しい。

「サトシ……それ、功誠に言ったら、『馴《な》れ合いだな』って一刀両断だよ」

功誠の声色をまねて代わりに春也が一刀両断にすれば、今度はキッと睨まれる。

「まったく。夢もロマンもありゃしないわ。……堅物熱血教師と冷血説教弁護士。違うようで実は似てるのよね、あんたたちって。頑張るばっかじゃダメよ、ハル。どういう事情だかわからないけど、功誠と会うんでしょ？　なんとかしたいなら弱いとこ見せて甘えなさい」

サトシはとんでもないことをさらりと言った。

「ム、ムリだよ、そんなの……」

サトシを信じないわけじゃない。自分たちのことを誰よりも知っている人間だし、観察眼も誰より鋭い。「私はね、物心つく前から人の顔色を見て生きてきたんだから——」と、サトシは冗談めかしてよく言っていた。

だけどその言葉を実行に移すのは絶対に無理だ。功誠に甘えるなんて、そんな恐ろしいことできるわけがない。

「なにかをぶっ壊さないと、新しいものは生まれないわよ。あんたがそれでいいんなら、それでもいいけど……」

「新しいものなんて生まれないかもしれないじゃない。ぶっ壊れるだけで」

ボソボソと反論する。

「それはやってみないとわからないわねえ。……保身を非難する気はないけど、当たって砕けてみるのもありじゃない？」

自分が臆病だということはわかっている。

誰かのために傷つくことは恐くないけど、自分のためとなると躊躇してばかりだ。功誠が好きだという気持ち。その気持ちのままに頑張ることはとても幸せなことだったけど、結局は成り行きに乗っかっただけのこと。

功誠が抱いてくれると言うなら幻滅されないようにしようと。もう一回と思ってもらえれば……というのが、春也の精いっぱいの欲だ。

自分の望むような幸せがやってくるなんて絶対にありえないのだから……。

「ハル……功誠を幸せにしてあげて……」

「え？」

「大丈夫。もし砕け散っても、私が骨を拾ってあげるから」

サトシは悪魔なのか天使なのかわからない笑みを浮かべて、少々手荒に春也の背を押した。

◇◆◇

功誠《こうせい》が指定したホテルは、ベイエリアに建つおしゃれなホテルだった。

大理石が敷かれたエントランスの中央には大きな生け花が鎮座している。天井も高く、背丈の倍はあろうかというシャンデリアが光と気品を振りまいていた。ロビーにはアールヌーボー風のテーブルと椅子《いす》が設置され、そこにはいくつかのグループがいたが功誠の姿は見つからなかった。

ホテル名は聞いたけれど、待ち合わせの場所は決めていなかった。フロントに聞くべきなのだろうかとキョロキョロして、携帯電話があったとやっと思いつく。コートのポケットに手を入れた時、黒い影が視界の隅をよぎってなにげなくそちらに目を向けた。

自動ドアが音もなく開き、黒いコートを翻した男が長いストライドで颯爽《さっそう》と中へ入ってくる。

その姿を思わず目で追ってしまっているのは春也《はるや》だけではなかった。

歩くだけで視線を集める男。

功誠の黒い瞳は真っ直《す》ぐに春也を捉《とら》えていた。春也も魅入られたように動けない。

そんな二人の間を、三歳くらいの男の子がトコトコと横切ろうとした。それに気づいて歩調を緩めた功誠の前で子どもはころんと転んでしまう。子どもはしばらく我が身に起きたことがわからないように目をぱちくりさせていたが、次の瞬間、火が点《つ》いたように泣き出した。救いを求めるように一番近くにいる大人をチラッと見上げたが、その無表情な鋭い瞳に怯《おび》えたようにさらに大きな声で泣きわめく。

黙ってそんな子どもを見下ろしたまま、功誠は固まったように動かなかった。

——あれは困っている。たぶん、かなり困っている。

春也は口元に笑みを浮かべて、功誠と泣く子の方へ足を踏み出した。

男の子の前にしゃがみこんでその顔を覗《のぞ》き込む。

「どうしたの？」

顔を上げた男の子に笑顔を向けた。しゃくり上げながら子どもは春也の顔をじっと見つめる。

「誰と来たのかな？　ママ？」

尚《なお》も訊《たず》ねれば、子どもは頷《うなず》き、また顔がクシャッと崩れた。ママを思い出したのだろう。

「じゃ、お兄ちゃんが一緒にママを捜してあげる。お名前は？　なんていうのかなー？」

優しく頭を撫《な》でる。

「り、く……」

「りく君か。いい子だね」

春也は男の子を抱き上げた。ニコニコとその顔を見つめれば、男の子もはにかんだように笑い返してくる。それがかわいくて、かわいくて。このまま連れ帰りたい気分にかられて春也は子どもに頰《ほお》ずりした。

そこへ、

「す、すみませんっ」

若い女性が走り寄ってきた。

「ママ！」

子どもが両手を広げる。

ロビーで盛り上がっていた女性団体の中のひとりだ。

春也は少々名残《なごり》惜しい気持ちで、母親の手に男の子を渡した。

「よかったね、ママがいて。……りく君、じゃあね」

ぷよぷよの頰を突いて笑顔を向ければ、

「じゃあね！」

男の子は元気に答えた。

あまりのかわいさに春也の表情筋がだらしなく緩む。

しかし横から強い力で二の腕を摑《つか》まれてハッと我に返った。見ればそこには不機嫌顔の功誠が立っていて、有無を言わさず引きずられる。

「こ、功誠？」

じゃあねーと母親に促《うなが》されて手を振る子どもに、春也は片腕を摑まれたまま手を振り返した。その間に功誠はフロントで鍵を受け取り、少々手荒に春也をエレベーターに押しこんだ。

「痛いよ、功誠」

文句を言えば、無言の鋭い眼差しに射すくめられる。

「な、なに？」

困っていたから助け船を出してあげたのに、なぜにこんなに不機嫌丸出しなのか。

狭い空間に二人きりになると、ここに来た本来の目的を嫌でも思い出す。まだなにも始まっていないのに功誠が不機嫌だなんて、かなり嫌な出だしだ。

「家族ごっこは楽しかったか？」

ボソッと功誠が言った。

「なに？」

「さっきの母親、おまえに顔を寄せられて真っ赤になってたぜ。ちょっと口説けば落ちるな」

「なんで俺が母親を口説くんだよ。そもそも顔なんて寄せてないだろ」

「……見事にガキしか目に入ってないんだな。けっこう美人だったのに」

溜《た》め息混じりのその言葉にムッとする。

「なに、功誠。ゲイじゃなかったの？　でも母親を口説くのはやめろよ。子どもが可哀想だからな」

エレベーターの箱の中を険悪な空気が満たす。

なぜこんなことになっているのかわからない。今日は春也なりに覚悟を固めてきたのだ。

そう、甘える覚悟を。

でもそれはやっぱり無理そうだ。いや、絶対に無理だ。抱くとか抱かれるとか、そういう空気に持っていくのさえ難しそうで。

重苦しい空気を吐き出すように、エレベーターの扉が開いた。溜め息に押されるようにフロアに降り立つ。

「春也……」

そこで立ち止まって、功誠が神妙な顔で声をかけてきた。

「なに？」

「やっぱりおまえ、帰れ。おまえにはああいうのが似合ってるよ」

「は？　ああいうのってなに？　抱く気がなくなったんなら、そう正直に言えよ」

ここまで来て、帰れはないだろう。当たって砕けるのは恐い。けど、当たらずにすごすご帰るなんて絶対に嫌だ。

「でも俺は、帰らないから。おまえが抱かないって言うんなら、俺がやる。言い出しっぺに逃げる権利はないんだからな」

功誠の腕を引いて歩き出そうとしたのだが、肝心の部屋がわからない。

「おまえがなにをやるっていうんだ、まったく……」

功誠は溜め息をつき、春也の前に立って歩き始めた。腕を引いていたはずなのに、いつの間にか引かれていて、キーを通してドアを開けた功誠に、強い力で中に引きずり込まれる。

入ってすぐの壁に背中を押しつけられ、被《かぶ》さるように功誠がピッタリと体を重ねてきた。真横でドアの閉じる音。反射的に上げた春也の顔からメガネが抜き取られた。

「こう……」

不審に思って名を呼ぼうと開いた唇を、上から強引に塞《ふさ》がれる。

「んっ⁉」

驚きも声にならず、功誠の口の中に吸い込まれ、舌が絡んで春也の口へと戻される。

突然の濃厚すぎるキスに、次第に頭の芯《しん》がボーッとしてきた。ただその舌の感覚だけを追い、受けとめ、与え返す。

「怖《お》じ気づくなら今のうちだ」

唇を離し、至近距離で功誠が低く囁《ささや》く。

そう言われてすごすごと帰る人間がどれくらいいるのだろうか。

ましてやこんなキスの後に。

「俺は帰らないって言っただろ」

春也の返事に功誠はもうなにも言わなかった。黙って春也から離れ、部屋の奥に入っていく。

部屋はダブルなのかツインなのか。そこにベッドがないので判別ができなかった。もしかしたらセミスイートあたりの部屋なのかもしれない。寝室は別にあるのだろう。

「おまえ……仕事だったの？」

功誠はコートの下にきっちりスーツを着こんでいた。外に出る時はいつもこれ、というのも功誠ならありえる気がしたが。

春也は功誠のような堅い格好はしてこなかった。いつものコートの下は首回りがあき気味のセーターとジーンズ。貧困な発想による、精いっぱいの色っぽいような格好だ。

「ああ……不景気にこそ悪は栄えるからな。大忙しだ」

言いながら功誠はコートを脱いで、優しい曲線を描くソファの背に掛けた。顎《あご》を上げてネクタイの結び目に指を入れ、それを緩める。

それだけで堅い印象がずいぶん解《ほぐ》れた。堅さが解れると急に色気がにじみ出てくる。

ソファに腰掛け背もたれに片腕を回して長い足を組んだ功誠は、どこか気だるげで、ゴージャスで優美な雰囲気のインテリアとマッチしていた。

乱れっぱなしの春也の鼓動は落ち着く暇もない。無意識にメガネに手が伸びて、さっきそれを取り上げられたことを思い出す。

「功誠、メガネ返して」

お守りなのだ。精神安定剤。

「いらないだろ。ないと見えないわけじゃないんだし……そもそも邪魔だからな、いろいろするのに」

功誠が静かに微笑《ほほえ》んだ。凶悪に色っぽくて妖《あや》しい、人の心を惑わせる悪魔の微笑み。その笑顔のまま立ち上がり、メガネをゆらゆら揺らしながら近づいてくる。

「このダサメガネを勧めた高校生の俺を褒めてやりたい気分だ。これがあるとないとじゃこうも違うかね。……いや、今興奮してるせいか？」

「こ、興奮って――」

してないとは言えないけど。

「このあたり、ピンクですっげー色っぽいぞ」

功誠の手が首筋からうなじに滑り、頬を包んで親指で目元のほくろをくすぐる。

それははっきり、官能を刺激する愛撫《あいぶ》だった。体がピクッと反応してしまう。

色っぽいのはどう考えても言っている当人の方だ。

頭の中はまだまだ理性が強くて、触れられることにも抵抗があるのに、体はゾクゾクと感じまくって脳の司令も待たずにその体に懐いてしまいそうになる。

こんな手管は参考書や資料のどこにも書かれていなかった。

功誠の才能か、経験のなせる業か……。そう考えると胸がキリリと痛んで、それが高揚した気持ちを少しだけクールダウンしてくれた。

「とにかくメガネ返してくれよ。俺、シャワー浴びてくるから」

「シャワー？　必要ないだろ。おまえ石鹸《せっけん》の匂《にお》いがするぞ。……ちゃんときれいにしてきたんだろ？」

功誠はからかうように首筋に顔を寄せ、匂いを嗅《か》ぐふりをした。

すると逆に、功誠の香りが春也の鼻孔をかすめる。かすかなタバコの匂いと、どこか甘いような懐かしい香り……。

これはよく知っている。これは功誠の香りだ。

――シャワーなんて浴びずにこの香りに包まれたい……。

無意識の感情を自覚した途端、羞恥《しゅうち》に全身がカーッと熱くなる。

今、なにを考えていた……？

思わず目の前の功誠を突き飛ばすようにして後ずさり、赤くなっているであろう顔を俯《うつむ》けた。

「と、とにかく俺はシャワーを浴びるんだよ。ちょっと待ってろ」

功誠の手からメガネを引ったくってバスルームに飛びこむ。

心臓がバクバクしていた。なんだかもう、香りに包まれただけで腰砕けなんて……へなちょこすぎる。こんなじゃせっかくの予習がまったく役に立たない。

確かに風呂には入ってきた。丹念に体を磨いてもきた。だけどそんなの、気づいても放っておいてほしい。

ここでまたシャワーを浴びるのは恥ずかしさの上塗りのような気もするけど、ここに逃げこんだからには、浴びるしかないだろう。

少し冷静になって予習したことを思い出すのだ。勝手に組み立てていたシナリオは、現実の功誠のエロさの前にすでに玉砕状態。浅すぎるシナリオだった。

春也は律儀にシャワーを浴びて服を着直し、メガネもかけて鏡に向かう。

落ち着け、落ち着け、と自分に言い聞かせメガネのフレームを撫でる。その手がまだ微妙に震えているのが笑えた。

これは元々、子どもたちのために協力してもらうための交換条件だったはずで。功誠にしてみれば戯れというか、誰でもよかったのだろう。好きとか嫌いとかそういう問題ではなく、履行するかしないかが問題なのだ。

気持ちよくなってほしいとか、あわよくばもう一度と思ってくれないか、なんてのはこちらの勝手な都合。というか、欲だ。

とにかくこの一回。後悔はしたくないから……。

試合前の高校球児のような決意を胸に、鏡の中の自分をキッと睨《にら》みつける。気合いを入れるように。

そこでドアが開いて功誠が顔を出した。

「なにをやってるんだ、おまえは」

「な、なにって……ちょと身だしなみを整えてたんだよ」

「身だしなみ？　なにを今さら……。俺はおまえの寝癖だらけの寝ぼけ面を毎日見てきた男だぞ」

さらっと言い返された言葉に頬が熱くなり、整えた髪をまた手櫛《てぐし》で直す。

「そんなの……いつの話だよ」

ブツブツと言い返した。

寝癖がひどかったのは子どもの頃のことで、今はそんなにひどくない。寝ぼけ面は……二日酔いの最悪な顔をつい最近も見せた気はするが。

「だいたい、なんで全部着直してるんだか。メガネまでかけて。……まあ、いいけど」

功誠は企《たくら》むような顔で笑った。

功誠の表情にいちいちどうしようもなくドキドキしてしまう。それを知られたくなくて、きつい顔をつくって睨みつけた。

「ど、どこでするんだよ。寝室はどこだ？」

功誠を押しのけリビングに戻る。我ながら動きがぎこちない気がするのだが、どうにもならない。

当てずっぽうでドアを開ければ、そこにはセミダブルサイズのベッドが二つ、サイドテーブルを間に挟んで並んでいた。

「わあ……すごいな、これ……」

春也は思わず感嘆の声を漏らした。

それは部屋のことではなく、その外、ベッドの向こうの景色のことだ。

カーテンが開け放たれていた大きな窓の外に見事な夜景が広がっていた。

左手側にはきらびやかな都会の夜景。それが海岸線で切り取られ、右には真っ暗な静謐《せいひつ》の海。

高みから見下ろすと、それは闇《やみ》に向かって宝石箱をぶちまけたかのように見えた。闇の上にもところどころ小さな宝石がキラキラと瞬いている。

窓の大きさも圧巻で、足元から天井まで一面がガラスだった。

淡い間接照明だけが点いている室内を歩き、吸い寄せられるようにその窓に近づく。

見下ろすとはっきり言って恐い。吸い込まれてしまいそうだ。手を伸ばし、そこに確かにガラスが存在することを確かめる。それでもやっぱり心許《こころもと》ない。高所恐怖症なら拷問のような部屋だろう。

　春也は景色に心奪われて、つかの間、自分の置かれた状況を忘れてしまっていた。飽くことなく夜景を見つめていると、フッと背後に温《ぬく》もりを感じ、そのまますっぽりと包みこまれる。回されたたくましい腕と背中に密着する体の感触に、春也は身を強張《こわば》らせた。首筋に吐息を感じて、心臓が大きく跳ねる。

「こ、こうせ……」

　声が裏返ってしまう。こういうことをしにきたはずなのに、ちょっと気を抜いてしまっていた。

　セーターの裾《すそ》から手が侵入してきてギュッと目を閉じ、胸に指を這《は》わされてハッと目を開ける。目の前のガラスに、困惑した自分の顔が映っていた。背後にいるはずの功誠は光の加減かよく見えない。

「待って……ちょっ……」

「こういうこと、されるってわかってて来たんだよな」

　刺激されて立ち上がった胸の粒を功誠はわざとつねる。

「いっ、あ……」

　ガラスに肘《ひじ》と額《ひたい》を当て、体をくの字に折る。心地よいガラスの冷たさも、功誠に体を弄《いじ》られるにつれ徐々に感じられなくなっていく。

「わかってる、けど……ここは、さ……見えるだろ」

こういう展開はまったく想像してなくて。この体勢ではこちらからはなにもできない。

「どこから見えるって？　ま、俺は見えても一向にかまわないが」

しっかりと腰に回された功誠の腕だけが頼り。今にもガラスが消えて真っ暗な闇の中へと落ちていきそうで……その腕にすがるように上からギュッと握りしめた。

その春也の手ごと、功誠の腕が下に滑っていく。

「待て。そこに、ベッドがあるんだから……」

「ベッドでしかしたことがない？」

「あ、あたりまえ……」

「へえ。まあ、らしいよな」

胸の突起にはどんな神経が通っているのか、普段はまったくなにも感じない場所なのに、こねまわされ、潰《つぶ》され、そんなことにいちいちビクビクと反応してしまう。

それだけで腰が砕けそうなのに、下に伸びた手はジーンズの上から熱くなりはじめたものの形をなぞるようにゆっくり動いた。そのじわりとした刺激に体がカーッと熱くなっていく。

「あ、ちょっ……」

このままでは仕入れてきた知識がまったく活《い》かせない。こんな簡単にグズグズになってしまうようではきっと功誠だって面白みもなにもないに違いない。

参考書の一節が頭をよぎる。

『普段、真面目《まじめ》で清楚《せいそ》に見えるあなたなら、夜は娼婦《しょうふ》作戦が効果的。意外な一面に相手は引きこまれ、誰にも見せない媚態《びたい》に執着し、快楽に支配されて離れられなくなるのです――』

これだ！　と思ったのだ。清楚というんじゃなくても、普段色気が感じられないのは確かなはず。だからこそ、この作戦はいけると思ったわけだが……。

この展開からどうやったら娼婦のようになれるというのか。

まったく、意外性ゼロだろう、これって。

こんなんじゃ、すぐ終わる。興味すら引けず、功誠を楽しませることもなく――。

思った瞬間に、功誠の腕を摑んでその動きを止めていた。

「春也？」

振り仰ぎ功誠の顔を見れば、功誠は怪訝《けげん》そうな表情をしていた。

「俺……その、俺がおまえに頼み事をしてるわけだから、俺がするべきだろ？　その、おまえのを、さ」

「なにを言ってる？」

「だから！」

功誠の方に向き直り、その足元に跪《ひざまず》く。そして功誠のベルトに手をかけ――。

「は、春也⁉」

本気で驚いた顔で功誠が一瞬身を引いた。

「俺がする。してやるから」

強気に言い放つと、功誠はどこか呆然《ぼうぜん》とした顔で春也を見下ろした。

ベルトを緩め、ファスナーを下ろせば膨らみが目に入る。少なからず感じてくれていたのだということが無性に嬉《うれ》しかった。

これをもっと大きくしてやるのだ。快楽の虜《とりこ》には無理でも、また体を合わせてもいい、くらいのことは思ってくれるかもしれない。

いや、なにより……功誠を気持ちよくしてあげたい。

春也は使命感に燃えていた。

ドキドキと高ぶる胸の鼓動を、ゆっくり息を吐き出して整え、功誠のわずかに立ち上がりかけたモノを下着から取り出す。

——これって、銜《くわ》えられるのか……？

きっとまだ大きくなるのだろう。モノ自体に対しての抵抗は不思議なほど感じなかったけれど、実際問題としてこれがちゃんと口の中に収まるのか、それが不安だった。ＡＶではモザイクがかかっていたとはいえ、女優さんの口に収まっていたわけだし、別におちょぼ口というわけでもないのできっと入るのだろう。

案ずるより産むが易《やす》し……思いきって先端に口づける。功誠がピクッと動いた。

「本気か？　春也」

突然の展開についていけてないらしい。見上げれば戸惑ったような顔の功誠と目が合った。

意外性という点では成功しているようだ。

「本気だよ。ちゃんと気持ちよくさせてあげるから」

自信はなかったけど、やる気だけはあった。頑張れば、きっとなんとかなる。

張り出した先端を口に含む。かなりいっぱいいっぱいだ……。指で根元を掴み、歯を当てないように気をつけてゆっくりと出し入れする。舌を使い、先端を刺激し、裏筋を舐《な》め上げ
……とにかくマニュアルどおりにやった。

ずれ落ちそうになるメガネを習慣で押さえようとしたら、功誠の手にそれを奪われた。外せばよかったのだとその時気がつく。とにかく全神経は功誠の中心に注がれていた。

「おまえ……したこと、あるのか？」

功誠が低い声で訊《き》いてくる。上目遣いに見上げれば、功誠は苦しいというか、険しい顔でこちらを見下ろしていた。

――感じていない？

「気持ちよくない？」

功誠の問いかけより、そっちが気になった。モノは萎《な》えてはいないのだが、表情が感じて

いるようには見えなくて。

「したことがあるのかと訊いてるんだ」

低く恫喝《どうかつ》するような声に不安になって、少し離れる。やっぱり付け焼き刃の知識だけで娼婦を気取ろうというのが間違っていたのか。いや、そもそも根本的に、その気にさせるだけの色気が足りないのかもしれない。

「したことは……あるというか、なんというか……俺って、下手《へた》くそ？」

「下手くそじゃないからむかつくんだ。いったい、誰に仕込まれた――」

「うまい？　俺。じゃあもっとしてやる」

再び手を添え、口を運ぼうとしたのだが。

腕を摑まれ、強引に立たされる。そのまま乱暴にベッドに押し倒された。

「え、功……なんっ！」

まるで引き裂こうかというような荒々しさで服を脱がされる。下も一気に抜き取られ、あっという間に一糸まとわぬ姿にされてしまった。

覆い被さってきた功誠は、自らのネクタイをシュッと引き抜き、ワイシャツを脱いだ。

「初めてじゃないって言うんなら、手加減はしない」

間近に鋭い瞳がある。飢えた獣のようなそれに危機感がつのる。

「功、誠……？」

なにかとんでもない失敗をしてしまったのだろうか。

欲情しているというよりは、怒っているという方がしっくりくる、そのきつい表情、噛《か》みつくような口づけ、すべてを征服しようとするような舌の動き。

本当に食われてしまいそうな気がした。愛情などまったく感じられない。ただ、恐くて、恐ろしくて……。

こんな功誠は知らない。自分にも他人にも厳しい男だけど、暴力で人を支配しようとはしない奴だ。甘くはないが、強くて優しい。目つきは悪いけど、恐いと思ったことは一度もない。

なのに——。

功誠を怒らせるような、そんなとんでもないことをした記憶がない。

体が、麻痺《まひ》したように動かなかった。刺激にビクビクと反応はするものの、腕が、足が、硬直したように動かない。

「功誠、ごめ、俺……なんか……」

わけもわからないのに謝ってしまう。かすれた声に功誠は動きを止めた。

「なにを謝る」

「わ、わかんな……けど。おまえ、恐い顔してる。怒ってる、だろ……？」

ろれつがうまく回らない。泣いてはいないつもりだけど、しゃくり上げるような口調になった。

功誠を失うことが恐くてしょうがなかった。

これは変な欲をかいた罰なのだろうか。もしかしたら功誠は、ただ従順に抱かれる抱き人形が欲しかっただけなのかもしれない——思い当たったそれが正解のような気がした。

「春也……」

功誠は、春也をまたぐ四つんばい状態のまま体を離すと、険しい顔で春也の顔の横のシーツをギュッと握りしめた。しばらくそのまま項垂《うなだ》れて……顔を上げた時、怒りはそこから消えていた。代わりに、達観したような諦《あきら》めたようなそんな冷めたなにかが浮かんでいた。

「別におまえに怒ってるわけじゃない。これは……俺のエゴだ。頭に血が上った。……もう嫌か？　俺に抱かれるのは」

問われて、春也は首を横に振った。

ここで中断するのは春也にとって最悪の事態だ。関係がぎこちなくなるのは免れないのなら、一度だけでもいい。せめて最後までちゃんとしたい。

「功誠が嫌じゃないなら、して。俺の体でいいなら、したいようにしていいから」

訴える。なんとか、続けてほしくて。

「バカだな、おまえは……。今なら逃がしてやれたのに……」

功誠は春也の左の目元にキスを落とし、今度はゆっくり、傷を癒《いや》すかのように優しく動いた。感じるところを丁寧に突いていくやり方は、乱暴なのよりいっそう泣きそうになる。

首筋から胸へ。こねられて敏感になった乳首は立ち上がったまま、新たな刺激を待ち望んでいた。それを舐められて背がのけぞる。

「んっ、あ、あぁ……」

自然に声が漏れた。

歯を立てられて、それだけで触られてもいない下の方が張りつめる。

「あ、もう……」

「もう？　冗談。そんなんで納得したのか？　他の奴は……」

功誠は言いながら、下に手を伸ばして張りつめたものに手をかけた。

「んっ」

「そう簡単にはイかせてやらないぜ、俺は……」

裏筋をそろりと撫で上げられ、ヒュッと喉《のど》が鳴った。

意地悪な言葉は不安を煽《あお》るけど、簡単にイかせないということは、長く触れあっていられることだと思えば嬉しくもあった。

だけど、そんなことを考えていられる余裕もすぐに消え去る。

功誠の指はゆっくり執拗《しつよう》にその形をなぞり、春也が反応すると楽しむようにそこを責め立てた。

「ん、あっ……こうせ……も、イかせ、て……」

性急さのない体を溶かすような刺激は決定打にならない。だんだんと、優しさより激しさが欲しくなる。ジリジリと焦がれる。

「そんな顔でお願いされたら……、ヤバイよな」

そう言いながらも功誠は余裕で。

もてあそばれている感が強くなる。反応を楽しまれている。まるっきり、モルモットだ。

それでいい、功誠の好きなようにと決めたのだけど……。

「もう……ホント、に……お願っ、功誠……イきたい！」

功誠の肩を摑み、腰を押しつけるようにして懇願した。

もっと強い刺激が欲しい。

「春也……」

不意に名を呼ばれ、目を開ければ潤んだ視界に功誠が映る。細められた瞳にもう怒りの色は見えなかった。だけど険しく眉《まゆ》を寄せ、なにか葛藤《かっとう》するような苦しげな表情は、感じているというふうでもなく――。

「もう、無理だ……」

そんな押し殺したような声が聞こえ、少し遅れて言葉の意味がわかって、涙がブワッとこみ上げる。

もうこれ以上、自分を抱くのは無理だと……？

こんなところで放り出されてしまうのか？　こんなにも欲しくて欲しくてたまらないというのに——。

「……ヤ、だ……」

か細い声は声になったか、ならなかったか……。体を起こすようにして功誠の肩に腕を回しすがりつく。

功誠を失うと感じた瞬間に、自分の存在価値をも見失ってしまった。急速に体が冷めていく。

——やっぱり、自分なんかじゃダメだったのか。

小さい頃から必死になって踏み固めてきた足元が、功誠の一言で簡単に崩壊の危機にさらされる。

恐くて——自分が必要のない人間だと思ってしまうのが恐くて——すがりつく腕に力が入った。

「春也、やめろ……俺を追いつめるな。俺は——クソッ！」

いきなり、奪うような勢いで体をきつく抱きしめられ、首筋に噛みつくような口づけが降ってきた。

「え、え……？」

功誠の手が前を激しく擦《こす》りあげる。萎えかけていたものが一瞬にして復活し、勢いを増して高みへと駆け上がる。驚きを欲望が押し流す。

「あっ、こう、こうせ……？　……あ、あっ……！」

突然の転調に頭の中はぐちゃぐちゃだった。体だけが引きずられ、功誠の手に容易に煽られる。

胸の突起を弄られ、もう爆発寸前の熱をなおも激しくしごかれると、解放以外なにも見えなくなる。

「あ、やぁ――功誠っ」

離されるのを恐れるように、功誠のそのたくましい背にしっかりと腕を回し、しがみつく。

「ハル……」

両手ごと拘束されてしまった功誠は手の動きを緩め、反対の手で春也を引きはがすようにして、前髪を優しく掻《か》き上げた。ハッと我に返って焦点を合わせれば、瞳を細めかすかに微笑みを浮かべた顔が自分を見下ろしていた。

笑うと色っぽい、とは知ってたけど、こんな婉然《えんぜん》とした表情は見たことがなかった。全身の血がざわっと騒ぐ。

その顔が目元に落ちてきて、唇へ。最初はあやすようだったキスが……徐々に深く激しくなって、春也もそれに懸命に応える。

――功誠、功誠……！

どこをどう扱われても感じてしまう。功誠が与えてくれるものならなんでも。

「ああ、もう……っ」

顎を上げると唇が離れる。目を閉じて功誠の二の腕あたりをギュッと握りしめた。

「春也……」

聞き慣れない柔らかな響きで名を呼ばれ、感じる茎を擦られると、もうなにもかもわからなくなった。

まるで愛されているかのような錯覚。そんなはずはないと打ち消す心を、今だけ……という懇願が包みこむ。

そんな葛藤もすべてを快感の波が呑《の》みこんで、一瞬、目の前が真っ白になる。

「ん、あ、あぁ――！」

混濁した想いのすべてを功誠の手の中に解き放った。

熱が断続的に放出され、しだいに体は落ち着きを取り戻す。

しかし心は……ただ呆然としていた。こんな解放は初めてで。

見下ろしてくる功誠の視線が痛い。どう取り繕っていいのかもわからなくて顔を背けた。

功誠がベッドを下りると、ホッとすると同時に不安がよぎる。が、すぐにまた覆い被さってきた功誠は、春也の頭を抱くようにして、手を後ろのすぼまりに伸ばしてきた。

「ひゃっ」

なにかねっとりしたものが塗りつけられ、そこに指が侵入してくる。

知識はある。なにせ無駄なほどに勉強だけはしたから。これからなにが起こるのか、よくわかっているし、覚悟もしてきた。

けど——。

経験に勝る知識なし。

柔らかな粘膜を硬質な印象の功誠の指が撫でる。ゆっくりとしっとりと、指は意外に繊細だった。

一度イかされて理性を取り戻した後だけに、このゆるやかで濃密な時間がどうにも居たたまれない。目の前の功誠の体に腕を回すこともできず、ただ功誠から与えられる唇や肌の感触と、体の内への刺激を享受するのみ。

「おとなしいな。恐いのか……それとも、期待してる？」

「き、期待って……」

「教えろよ、おまえのいいとこ。……このへんか？」

功誠が内壁の一部を指の腹で押すように撫でる。撫でまわし、強く押す。

「え、いいとこって、なんのこ、と……んあっ!?」

「ここか」

体内から快感に直結したスイッチのようだ。押されると、

「んあ、あぁ……っ」

壊れてしまったような声が口から漏れる。恥ずかしいけど、反射的に出てしまうのだ。

「や、それ、……ヤメ、こうせ……」

胸を押し、懇願する。

「やめる？　なぜ？　気持ちいいんだろ……」

功誠は強引に身を寄せ、耳を舐めるようにそう囁いた。

「あ、でもぉ……っ」

細胞のひとつひとつが敏感になって、擦れ合う肌の感触にまで感じてしまう。

「春也……すごい、いい顔してる。……気持ちよくて、溶けそう？」

含み笑いで囁かれた言葉が、今の自分を正確に言い表していた。

溶けそうなのだ。感じすぎて、突っ張った足の先からグズグズと溶けていきそう。

……溶けてしまいたい。

「功誠、……あ、こう……せ、あぁ……」

あっという間にまた理性が倒壊する。あっさりと功誠の手中に落ちる。

指が抜け、ホッと息を吐き出したが、物足りなさを感じている自分がいた。だけど口にはできず、想いを瞳にこめて見つめた。

「そういう顔を誰にでも見せるのか――」

功誠が眉根を寄せ、やや乱暴に持ち上げた春也の下半身に体を寄せる。そこに灼熱《しゃくねつ》の楔《くさび》が押し当てられた。

「忘れろ……」

有無を言わさず功誠は春也の中に入っていく。

「あ、うぅ……く、」

きつくて痛くて恐くて……ピクリとも動けない。動けばそこから亀裂《きれつ》が入ってしまいそうな恐怖。

「ハル……なにを硬くなってる。力を抜け」

当然のことのように言われるが、まったくどうすればいいのかわからない。きつく目を閉じて、ただ耐える。

「春也？」

訝《いぶか》しげな声。功誠は先に進むのをやめ、すっかり萎えているモノに手を伸ばした。その感じる場所を刺激する。

「あ、は……」

意識が分散され、呼吸が戻ってくる。少しだけ力が抜けたところで功誠がグイッと押し入ってきた。

「ああ、んっ！　功誠……！」

すがる相手は功誠しかいなかった。

ずっと、サトシとはまったく違う意味で心の支えだった。面と向かってそんなことは言ったことないし、表だって甘えたこともないのだけど。

広い胸に頬をつけるとホッとした。今だけ、セックスにかこつけて甘えてみてもいいだろうか。

「功誠、もっとして」

ぎゅっとその背を抱きしめる。

「春、也……」

当惑したような声。だが、体を進めることに迷いはないようだった。根元まで深く交わる。

「もっと、いっぱい……功誠をいっぱいちょうだい」

涙目で訴える。もうずっと離さないでほしい。功誠のすべてがほしい。

今なら、淫《みだ》らな娼婦にもなれる。

本当の気持ちをそのまま吐露すればいいだけだ。

「春也……マジか……」

心の奥のなにかを探るようにじっと見つめられ、暴かれたくない春也は目を閉じた。

功誠が動き始める。最初はゆるく腰を押しつけるように、そして抉《えぐ》るように。前後運動を大きくしていく。

「ハル……春也……俺の……」

春也のものを握り、しごきながらそれに合わせて腰の動きを激しくする。

「あ、イ……、すごく……あぁ」

功誠のものに中を擦られることがしだいに快感に変わってきた。

今この時、自分が誰よりも功誠の近くにいる、独り占めしているのだと、それが嬉しくて。

「功誠、もっと……！」

求めてほしい、功誠にも。今この時だけの快楽だとしても、今だけ溺《おぼ》れてほしい。

「あ、ああっ、イイ、……イイっ――」

功誠の激しさを受けとめ、功誠の熱と肌と息づかいと……それらを感じることにすべての神経を傾け、少しも忘れまいと五感を研ぎ澄ます。

「なんて――、クッ、……春也、春也っ！」

熱く激しく自分を呼ぶ声と、きつく抱きしめる腕の感触は……きっと忘れたくても忘れられないだろう。

「もっと……ずっと……ああっ！」

過ぎる時間を惜しみ、今だけ……悦楽に身を沈めた。

夢は必ず覚めるのだ。

目が覚めると室内はまだ暗かった。オレンジ色の淡い灯《あか》りがぼんやり室内を照らしている。傍らに人の気配を感じて視線だけを向ければ、ベッドヘッドにもたれるように座る大きな人影があった。立て膝《ひざ》の上に肘をつき、その手の先にタバコの赤い光がポツンと灯《とも》っている。それを口に運び、溜め息をつくように大きく煙を吐き出した。

「まだ、朝には間がある。寝てろ」

低い声で言われ、ビクッと反応する。

気づかれているとは思わなかった。この暗さでは目を開けたことにも気づかないだろうと、息をひそめてその影を見上げていたのだが。

ずっと起きていたのなら、暗闇には目が慣れているのかもしれない。もしかしたらずっと見られていたのかと思うと、すやすや寝ていた自分を殴りたくなる。

いや、寝顔なんて今さらか。

もっとすごいものをたくさん見せてしまった。

娼婦のように淫らではあったかもしれないが、娼婦のように色っぽく誘えた自信はまったくない。とんでもない醜態だったような気がする。

功誠がどう感じたのか、訊きたいけど訊く勇気はなかった。

「おまえ、は……寝ないのか？」

声がかすれていた。それがまた恥ずかしい。

「おまえの横じゃ眠れない」

その言葉の意味がわからなかった。ただ、あまりいい意味ではないと感じた。眠れないというのは、安らげないとか落ち着かないとか、そういうことしか思いつかない。

「そっちにもうひとつ、ベッドがあるだろ」

二人で寝ても大丈夫なくらいの広さのベッドだが、横にもうひとつ同じサイズのベッドがあったはずだ。

「そういう問題じゃない」

ボソッと吐き捨てた。

「どういう問題だよ」

「大人の問題」

「はあ？」

まったくわけがわからない。が、バカにされていることだけはわかる。

「人をガキみたいに言うな。おまえは昔からなにかってーと……」

ブチブチと恨み言を連ねようとしたのだが、

「いや、ガキじゃないってことはわかった。よーく、わからせてもらいました」

含みのある言い方をする。その含むところが、さきほどの自分の乱れっぷりにあるのだろうと推測はできたので、なんの反論もできなかった。

ほんのり顔が赤くなってしまったのは、この暗さじゃわからないだろう。

「誰にでも、ああなのか」

功誠はとんでもないことを訊いてくる。

「誰にでもって、……まあ、そう、かな」

功誠以外に抱かれたことはないし、女性とするのにあんなになるわけがない。でも今さら初めてだとはなんとなく言えなかった。

「じゃあ、条件としちゃ妥当な線だったわけだ。ガキどものためなら我が身も投げ出す美談かと思ったが、たいしたリスクじゃなかったんだな」

なんだかすごい遊び人のように思われているようだ。まあ、それが最初に狙《ねら》ったところなのだけど……。

「おまえ……、男に触られるのは嫌いなんじゃなかったのか」

ボソッと功誠がそんなことを訊いてくる。

「別に……そんなことは……」

大人の男という大きな括《くく》りならば苦手なのは確かだ。触られると鳥肌が立つ。その原因は、功誠がそう訊いてくる理由と同じなのだろうけど。それはできれば忘れていてほしかった。

「ま、それならそれでいいんだが」

どうでもいいことのように功誠は言った。

おまえは特別なのだ——と、この状況で言ったところでしょうがないだろうと春也も口を噤《つぐ》む。

「でも、久しぶりだったんだろ。入れる時なんて、まるでバージンの反応だったぜ。でもその後はよがりまくりで……」

喉の奥で笑ったようなのが気配でわかった。功誠の表情は見えない。

たぶん、今明るかったら全身真っ赤になっているのが見えただろう。

「う、うるさい、そういうこと、わざわざ言うな。……そう言うおまえは……その、感じなかったのかよ。俺、全然よくなかったか」

恐る恐る訊いてみる。全然よくなかったなどと言われたら、きっと立ち直れないだろうが。

功誠はタバコをくわえ、長い沈黙の後。

「契約は成立だ。以後、なんでも俺に報告しろ。勝手にコソコソ動くのは許さない」

話題も声音も一変させ、感情を殺したような冷たい声でそう言った。

質問には答えたくないらしい。つまり、それが答えなのだろう。

「わかった。よろしくお願いします」

起き上がると腰に違和感があって眉根が寄る。しかし慇懃《いんぎん》に頭を下げた。

功誠はするりとベッドから抜け出すと、身支度を整え始めた。

「もう帰るのか」

「契約はまとまった。もう俺がここにいる理由はない」

いる理由はない——理由がなければここにはいたくない。胸の奥がキリキリと痛んだ。

やっぱり自分にそんな価値はなかったのだ。

けど、一度だけでも、最後までできたのだから、よしとすべきなのだろう。ちゃんと愛してもらえたから。つかの間でも、錯覚でも——。

自分も帰ろうと、ベッドから下りようとしたのだが。

「おまえは朝までいればいい。夜道をフラフラ歩いてると職質されるぞ、先生」

言い置いて功誠は出て行った。

溜め息をついて、ベッドに戻る。実際、歩くのもしんどかった。たぶん、功誠はそれを思いやってくれたのだろうと思う。たぶん……。

功誠は本当は優しい男だ。

知っている。自分は知っている。

まったく素直ではないし、そう言われるのが嫌いで、自分を悪く見せよう、悪く見せようとするのだけど。

子どもの頃から何度も助けられていた。その真の強さに。

いつの間にか依存していたのかもしれない。求めれば与えてくれることを期待し、ぶっきらぼうでも優しさがもらえると、心のどこかにそんな甘えがあったのかもしれない。

優しさと同情をはき違えたりはしない男だった。功誠の強さはひとりで生きていける強さ。

一緒に泣いてはくれないけど、黙って見守り立ち上がれば背中を押してくれる。

自分の足で立たなくては、功誠のそばにはいられない。

「でも……なんか、砕け散っちゃったよ」

再び立ち上がる力が湧《わ》いてこない。自信がない。

目頭が熱くなってベッドに突っ伏す。

明日から頑張るから……だから今夜だけ。

まだ残る温もりを避けるようにして、春也はベッドの隅の方で小さく丸くなった。

◇◆◇

卒業式はみっともないほど泣いてしまった。

涙腺《るいせん》が弱っていたせいもあるのだけど……、そうでなくてもきっと泣いていただろう。

子どもたちが内緒で記念品なんか用意してくれてるし、お礼の手紙なんて読んでくれちゃうし……。

都会の子どもはドライだと言われがちだけど、実際そういうところもあるけれど、温かな感情を持っていないわけじゃない。いや、そういう感情をこそ求めているように見える。

時にはウエットになることが人には必要なのだろう。

自分は最近、少々ウエットすぎるような気もするが。

涙、涙の卒業式が終わると、残務整理をしつつ施設の方に頻繁に顔を出す。さすがにもう門前払いをくらうことはなかった。

今は金の流れがどうというより子どもたちへの虐待を調べることが主目的になっていた。

自分たちの寄付金を私利私欲で使われるのはもちろん腹が立つが、子どもたちへの虐待は一刻を争う重大問題だ。

自分たちは恵まれていたけれど、それでも虐待がまったくなかったというわけじゃない。

春也たちの頃にも、園では五十人からの子どもが生活していた。

園長は替わらなくても、他の職員たちはけっこう入れ替わっていたから。中にろくでもない奴が含まれていることもあったのだ。

それは春也が小学五年生の頃だった。

春からグループの担当になった男性職員はとても優しくて、だから春也も懐いていた。よく触る人だと思っていたけど、スキンシップに飢えた子どもにはそれすら嬉しかったのだ。

だけど、半年ほども経《た》った頃――。

人気《ひとけ》のない場所につれていかれ、「良い子だから言うことをきくんだよ」と服を脱がされた。あちこちをベタベタと触られ、気持ち悪かったけどそれが言えなかった。

嫌われたくなかった。愛情を失うことが恐かった。

二度目は触り方がエスカレートした。下半身にまで手を出してきて……。

その時に功誠が現れたのだ。

「なにをしてるんだ、あんた」

職員をあんた呼ばわりし、キツイ瞳で睨みつけた。職員は慌《あわ》てて手を引っ込め、

「か、かゆいところがあるって言うから、虫にでも刺されたんじゃないかと思ってね」

苦しい言い訳をした。

功誠はじっと春也の顔を見た。途端に顔がクシャッと崩れて、涙が溢《あふ》れてきた。

「てめー！」

功誠は職員に殴りかかった。小学生にしては大きい功誠だったが、相手の男はいかにも体育会系の体格の良い男だった。すぐにねじ伏せられてしまう。そうこうしているうちに他の職員も駆けつけてきて大騒ぎになった。男は平然と言い抜けようとしたけれど、当時の園長は子どもの言い分をちゃんと聞いてくれる人だった。男はすぐに園からいなくなった。

功誠の「男に触られるのは嫌いなんじゃないのか」という言葉はきっとそのせいだ。

忘れていてほしかったのだけど……。

触られるのは今でも苦手だし、近寄られると、無意識に身構えている。

だけど自分は功誠のおかげで重大なトラウマにはならなかった。

功誠がいたからこのくらいですんでいるのだ。あれがずっと続いていたらどうなっていたか……想像するだけでも恐ろしい。

功誠に触れられることすら苦痛だったかもしれない。好きな人に触れられることすら――。

子ども時代の心の傷は、本人はもちろん、のちに関《かか》わる人たちにも被害甚大だ。

自分の痛みにかまけている暇はない。子どもの虐待において、早期発見、早期治療はガンと同じくらい重要なことなのだ。

「ハルー、荷物、これでラスト？」

そして今日は引っ越しの日。この街を離れ、園の寮に引っ越す。通勤時間一時間は通勤圏内かもしれないが、夜勤があったり、急な呼び出しがかかることもある都合上、引っ越しはやむを得なかった。

「ありがとー、それで終わりー」

窓の外、荷物をすべて運び出してくれたサトシと淳之《あつゆき》に向かって声をかける。

この街から離れれば、功誠とも必然的に距離が開く。寂しいけれど、今はちょっとありがたいかもしれない。

「功誠の奴、来なかったわね」

なにもなくなった部屋に入ってきたサトシがぼやくように言う。

「ああ、まあ、あいつも忙しいだろうし」

功誠の名前を聞く度に胸の奥が小さく疼《うず》くのだが、それにもそのうち慣れるだろう。どんな痛みもいつか薄れていくのだ。

「俺が電話したら、功誠くん、なんて言ったと思う？　ハルちゃん」

淳之が床を磨く春也の顔を覗き込むようにして訊く。

「さ、さあ……」

「肉体労働はおまえにまかせる、て一言だよ。ちょー、ムカつくったら」

ねえ、と同意を求めてくる淳之の視線を避けるようにして春也は曖昧《あいまい》に頷いた。

「元気ないわね、ハル」

ひらひらブラウスにエプロン姿のサトシが、真顔で問う。

「そんなことないよ。ただ、いざ離れるとなるとちょっと感傷的になってる、かな」

サトシの方は見ずに答える。

「そうだよね。今でもたまにしか会えないのに、向こうに行っちゃったら、さらに会えなくなるよ。ハルちゃんなんて、子どものことになるとのめりこむから、俺の相手なんてしてくれなくなるんだ。……俺もずっと子どもでいたかったよ」

「なに言ってんだか、淳之は。会えないのは俺のせいじゃなくて、おまえが忙しいからだろう。電話しても寝てたら絶対出ないし」

「淳之は寝穢《いぎたな》いからねえ。本当、あんたを起こすのには手を焼いたわよ。今もマネージャーさん煩わしてるんじゃないの？」

「そんなことない！　俺、すっげー頑張ってるんだから」

二人に子ども扱いされて、子どもでいたかったなどと言ったわりに淳之はむくれている。

「淳之、ジュース買ってきて」

サトシが淳之に財布を投げる。

「えー、なんで俺ぇ？」

「あ、それは俺が行くよ。手伝ってもらってるんだから」

慌てて出て行こうとすると、サトシに肩を押さえられた。

「いいの、パシリは年下の仕事なのよー。次のドラマじゃ主役らしいけど」

「え、本当!? すごいじゃん、淳之」

賛辞を送れば、パシリ扱いにむくれ気味だった淳之の表情がパッと明るくなる。

「うん、なんかね、すっごいいい役なんだよ。あんまり目立つとまたマスコミがうるさくなって嫌なんだけど……」

淳之は一瞬顔を曇らせたが、

「でも、それでもやっぱりやりたくてさ。ハルちゃん、絶対見てね」

どこか覚悟を決めたような男前の顔で微笑む。

「もちろん」

「じゃ、俺、買ってくるー」

スキップでもしそうな勢いで出て行った。

「顔は凛々《りり》しいのに、単純で素直で……あのギャップがいいのよねぇ、淳之は」

淳之の後ろ姿に目を細め、サトシは呟《つぶや》いた。

「あの子もいろいろ背負ってるのに、あんなふうに真っ直ぐでいられるのはあんたのおかげよね、ハル」

「俺？　違うでしょ、それ。最初に世話したのが俺だったから刷り込み入ってるけど、淳之をああいうふうに育てたのはサトシだと思うよ」

「私ぃ？　――って、そういう話をしたいんじゃないのよ。どうなったの？　功誠と」

「別に……」

サトシはこれが訊きたくて淳之を買い物に行かせたのだろう。やっぱり強引にでも自分が買い物に行けばよかったと後悔しても遅い。今はまだ、その話題には触れてほしくない。

サトシが気になるのは当然だろうけど。

「別にって。幸せとはほど遠い展開になってるらしいってのは、功誠見てわかってたけど」

「功誠に、会ったの？」

「こないだ、バーで偶然会ったのよ。私の顔見た途端イヤーな顔するのは、あいつの基本姿勢だから気にもしないで話しかけたんだけど。ハルの名前出した途端、あいつの周りの空気がピシッと凍ったわよ。引っ越しのこと聞いた翌日だったから、あんたも手伝いに来るわよね、ってかるーく言っただけよ。それが、すごい目で睨まれて、俺には関係ないって……。あいつ、取っつきやすい奴じゃないけど、あんなふうに頭ごなしに人を拒絶する奴じゃないわ。感情的になるのはプライドが許さないって奴なんだからさあ」

関係ないという言葉はかなりきいた。グサッと心の真ん中を抉られ、まるで出血多量で貧血を起こしたように、頭の先からじんわり具合が悪くなる。

たった一週間じゃ傷は癒《い》えない。電話するのが恐くて、本当は引っ越しのことも功誠には連絡していなかった。

「功誠があんなふうになる心当たりっていったら、あんたしかいないもの。ねえ、なにがあったの？」

心配顔のサトシには悪いけど、詳しい説明は勘弁してほしい。

「ただ単に仕事でストレスが溜まってた、とかじゃないの？　俺は玉砕したけど、あいつは別に……」

あの件で功誠が不機嫌だというのなら、それはそれでショックだ。

そんなに腹にすえかねるほどひどかったのだろうか、名前を聞いただけで不機嫌になるほど？　いっそ仕事のせいであってほしい。

「玉砕⁉　あんたが？　功誠に？」

サトシは驚いた顔で春也をマジマジと見つめる。

「どうなってんの、いったい……」

サトシの呟きは聞こえないふりをした。また床を拭《ふ》き始めた春也にサトシは溜め息をつく。

「話したくないなら無理には訊かないけど。あんまり溜めこむんじゃないわよ。独りで思い悩んで身動きがとれなくても、人の手を借りれば一発解消ってこともあるんだから」

子どもの頃から重いものを背負って歩くのが普通だったから、今さら多少の負荷はなんてこともない。だけど、功誠に嫌われたかも、と思うのは、親を失ったクラスの負荷かもしれない。まだ、嫌われた＝確定となっていないだけマシというか。

「大丈夫だって。それより、俺が大変なのは、今から、なんだから。功誠だって園のことでは協力してくれることになってるし」

「協力？　ますますもって不可解ね。話がちぐはぐしてるわ」

サトシは腕組みして首をひねる。

「サトシはいろいろ気を回しすぎ。人の心配ばっかかしてると、早く老けるよ」

「な、なんてことを言うのかしら」

目尻を指で押さえたサトシにキッと睨みつけられる。

春也は立ち上がり、不満顔のサトシに微笑んでみせた。

「ありがとう、サトシ。でも俺は本当に大丈夫だから、心配しないで」

安心させるように言う。

「まったく……。どうして収まるべきところに収まらないのかしらね。簡単なことのように思えるのに。あんたも功誠も幸せになるのを恐がってない？」

サトシが真面目な顔で言って、春也に向かって手を伸ばした。大きくてきれいな手が春也の頬を包みこむ。

「……恐がってるっていうか、どうしたら幸せになれるのか、よくわからないよ」

「そうねぇ……。そもそも幸せって、なんなのかしらね……」

サトシの瞳にはいたわりがあった。そしてどこか悲しそうなのは、サトシ自身も幸せとはずっと縁遠いせいだろう。

幸せは手に入るはずのないもの――どこかでそう思いこんでいる。それは、春也もサトシも、きっと功誠も――。

春也はサトシの背に腕を回した。大きくて温かい人を抱きしめてあげたかった。いつもいつも人の心配ばかりしている人を。

その時、ドアが開く音がして、

「なっ！　人をパシリにして、なにしてんのさ、二人……」

淳之が眉をひそめて、抱き合っているとしか表現のしようのない二人をマジマジと見つめる。

「なにって……うふふ」

サトシは調子にのって春也の体を強く抱き寄せる。

「サトシ！」

爪先《つまさき》立ってしまいそうなのがなんだか屈辱だ。

それを淳之はしみじみと見つめ、

「倒錯的であるようで、まったく健全な光景でもあるような……なんかビミョー」

言いながら白い袋に入ったジュースを床の上に置いた。

「あら、意外に冷静なのね。これが功誠と春也なんていう組み合わせだったら大激怒してるところでしょうに。なんかつまらないわ」

「だって、サト兄とハルちゃんじゃあねえ」

「甘いわね、淳之。愛はどこにだって生まれるのよ」

「む、むむ」

意味深に笑うサトシを見て、淳之はなぜか真剣な顔で考えこんでいる。

「私とハルかー……。そうね、それもいいわね、いっそそれでいく？」

サトシは腕に力を入れ、グッと顔を寄せてくる。吐息もかかりそうな距離。

この距離でもお互いに平然とその顔を見返せてしまうのだから、答えは見えている。

「それはない、だろ」

「ない、わねえ」

顔を見合わせて笑ってしまう。

「でも、俺とハルちゃんならありじゃねえ？」

淳之が春也と腕を組む。

「それなら、淳之とサトシだってありだよ？」

二人の反応を窺《うかが》うように言えば、

「そうねえ、ありよねえ」

サトシは淳之に流し目を送り、

「ない、それは絶対ありえない！」

淳之は断固否定した。

その必死な様子に春也とサトシは同時に噴き出した。淳之はしばらく憮然《ぶぜん》とした顔をしていたが、つられたようにフッと表情を緩めて、一緒になって笑った。

「さーて、掃除も終わったし、そろそろ出発しようか」

空っぽになった部屋を後に、波乱の待ち受けていそうな懐かしの場所に向かって足を踏み出した。


「いやー、問題のある職員をまとめて辞めさせたところでね。手が足りなくて大変だと思うが、頑張ってくれたまえ」

無駄に広くて成金趣味な園長室で、挨拶《あいさつ》に訪れた春也を迎えたのは園長一人だった。

腹がパンパンに張った三揃《みつぞろ》えのスーツを着た垂れ目のタヌキおやじ。狡猾《こうかつ》なのにどこか憎めない感じがするのがタヌキの落とし穴だ。なにも知らなかったら騙《だま》されていたかもしれない。

　しかし春也は、辞めたのが問題のある職員ではなく、園長のやり方についていけなかった善良な職員で、辞めるように仕向けられたのだということを知っていた。疲れ果てて辞めるしかないというところまで追いつめられた人々――口を開けばどんな報復があるかわからないと怯え、子どもたちに悪いと自分を責め、彼らもボロボロに傷ついている。

　心身共に疲れきった今は無理でも、時間が経てば彼らも協力してくれるかもしれない。そのためにも自分が土台を築いておきたい。

「ここで育った君になら、子どもたちも懐くだろう。とはいえ、馴《な》れ合いはいかんよ。子どもというのは甘やかせばつけあがるばかりだ。きちんと躾《しつ》けないと、社会に出て困るのは子どもたちなんだからね。私たちは多少嫌われてもビシッと教育しないと」

　一理あるように聞こえるが、先入観がありすぎて都合の良いお題目を並べ立てているようにしか聞こえない。

「私は多少甘いかもしれませんが」

　柔らかく反抗してみる。ここで喧嘩《けんか》を売るほど考えなしではない。

　園長はピクッと眉をひそめたが笑顔は崩れなかった。

「先生は優しそうな顔をしてるからねえ。まあ、せいぜい子どもたちに舐められんように。好き勝手させたんじゃ秩序が保てない。こういう団体生活の場では決まりをきちんと守らせんと。児童相談所もそのへんはちゃんとわかってるから」

今度はこっちの眉がピクッと動く。わかってるというのはどういうことなのか。まさか、児童相談所まで見て見ぬふりなのか、それとも易々《やすやす》と丸めこまれているのか。

少し話しただけでこの園長が子ども本位ではなく、規則本位、自分本位、面倒がなければそれが一番という考えの持ち主だということは知れた。

「今日は事務長は？」

「ああ、あれはちょっと出てるよ。気になるかね？」

その顔に下卑た笑みが浮かぶ。

「いえ、別に……」

「あれは私の養子でね。元は君らと同じ孤児だ。苦労して育てたかいあって、今では自慢の息子だよ。顔も良いし頭も良い、親を助ける孝行息子だ。ここの子どもたちにもあのように育ってほしいと思っている」

その意見にはまったく賛成致しかねる。みんながあんなふうに育つなど……ちょっと勘弁してほしい。

「あの子も子どもの時はかわいかったが、君もさぞかわいかったんだろうねえ」

園長が瞬間、視線の温度を変えた。ねっとり絡みつくようなそれが不快で席を立つ。

「それでは、今日からよろしくお願いします」

あまり長く話していると、そのうち罵倒《ばとう》してしまいそうだ。

頭を下げて、園長室を後にした。

感情のまま非難するのは簡単だが、それでなにかが変えられるとは思えない。まずは現状をよく見ることだ。

警戒されれば隠されてしまうだろう。一部の職員にはすでにかなり警戒されているけれど……。

そばにいれば、きっとなにかができるはず。たぶん、こんな自分にもなにかが。


定年の房枝《ふさえ》先生を含めて職員は四人辞めたのだが、補充されたのは春也ともう一人だけ。今のところ、それ以外に採用の予定はないらしい。

辞めた人たちが言うには、元から職員は不足気味だったようで、精神的にも肉体的にもかなりきついと聞いていた。

「あなたも奇特な人だ」

背後から声をかけられてビクッと振り返る。

いつもいつも気配のない男だ。今日もきっちりスーツを着こなした事務長、原口《はらぐち》は顔に薄笑いを浮かべていた。

「よもや乗り込んでくるとは思いませんでしたよ。世の中には私の想像の及ばない御仁がいるものですねえ」

「なぜです？　採用条件は悪くないと思いましたよ。小学校の教諭より給与は高めだ。まあ、夜勤もあるけれど……。ここは私の故郷ですし、勤め先として選ぶのに奇特などと言われることはないと思いますが」

「まあ、そうおっしゃるんでしたらそういうことにしておきましょう。面接に来た時は、悪の巣窟《そうくつ》にでも乗り込むような悲愴感が漂ってましたが」

「……なぜ、俺を採用したんです？」

「私はただの傍観者ですから。子どもがどうなろうと、園がどうなろうと、正直どうでもいいんですよ。ただ……」

「ただ？」

「おもしろくなりそうだと思っただけです。あなたと働けるのを楽しみにしていました」

原口はそう言うとにっこりと笑った。この男の笑顔は、鋭く磨かれたナイフがキラッと光った時のような、温かみの欠片《かけら》もないが人目を引く、そんな笑みだ。まったく油断ならない。

歓迎されて喜ぶ気になど、なれるはずもなかった。

「さきほど園長が、あなたのことを自慢の息子だとおっしゃってましたよ、孝行息子だと」

言えば、事務長の顔から笑みが消えた。

「……まあ潤沢な金と変な愛情はいただきましたから、それなりに感謝してますよ」

「変な愛情って……」

「まあ、せいぜい頑張ってください」

原口は薄ら笑いを復活させ、話を打ち切った。

そしてすれ違いざま、

「ひゃっ！」

春也のうなじのあたりをさらりと指で撫で上げていく。

「な、なにを——！」

首筋を押さえて振り返ったが、もうその姿はなかった。

「なんなんだ……」

春也にわかるのは、あの男が相当歪《ゆが》んでいるということ。歪みを自覚し、それを矯正する気はなさそうだということ。楽しんですらいるように見える。

いや、今注目すべきはあの男の中の病巣ではない。

ここにいる四十八人の子どもたち。高校生は隣接するグループホームで生活しているので、こちらの本棟の方にいるのは四十人、中学生までの子どもたちだ。

それが縦割りで八人ずつ五つの組に分かれて生活している。それぞれに「花鳥風月《かちょうふうげつ》」そして「星《ほし》」という名前がつけられており、春也が配属されたのは月組だった。

各組に専任の職員は四人ずつ。

四人ですべてまかなうなんて不可能だろうと思ったのだが、愛という名の下に過剰労働がまかり通っていた。週休二日、週四十時間労働なんて訴えようものなら冷血漢扱いされかねない。子どもたちのために働けと言われると、この仕事を選んだような子ども好きは否とは言えず。

春也とて子どものための時間外勤務はやむを得ないと思ってしまうが、それも職員数を増やせばお金がかかるという園長の思惑かと思うとむかついてくる。

職員たちはギリギリまで働いていた。これでは心を病みかねない。

自分が子どもだった頃、優しくしてくれた職員はたくさんいた。しかし冷たい、事務的な、そっけない職員も同じくらいいた。それを恨みに思ったこともあったけれど、当時は時代がら今より過酷な勤務状態が普通だったかもしれないと思えばそれもしょうがないようにも思える。

しかしだからといって、虐待は許されない。それは絶対に。

今、学校は春休み中だ。

朝食の後、全員が建物の中央部にあるホールに集められ、新しい職員が紹介された。

春也たちの頃は食堂で全員が一緒に食事をとっていて、全員が集まれるスペースといったらそのギチギチの食堂しかなかった。

現在は組ごとに食事をとるようになっていて、小さな食堂がそれぞれの場所にある。そしてそれとは別に全員が集まってもあまりあるほどのホールも設けられていた。

本当に広くなった。

それはまあ、余裕ある生活という点では改善されたといえるところだろうが、当時の動けば肘がぶつかるようだった食堂が春也はとても好きだった。

「月組の担当になりました高槻《たかつき》春也です。みなさん、よろしくお願いします」

子どもたちの表情はにこやかだったり不満そうだったりまちまちなのだが、誰も声を発せず、異様なほど静かだ。職員が拍手をするとパラパラと拍手が起こった。

解散して自由時間になると、やっと子どもたちの声が聞けた。

「ハルちゃん、ここの先生になるの？」

「花組に来てよー。花組ぃ」

「花組は涼子《りょうこ》先生いるからいいじゃんっ。月組は……」

猛然と抗議したわりにはその先が出てこない。

「月組は、なに？」

促すように見れば、その子は前に体に痣《あざ》をつくっていた子だった。

「高槻先生」

そこに割って入ってきたのも、前と同じ職員。同じ月組の担当で、全体の主任も兼ねていた。子どもたちには主任先生と呼ばれている。

体が大きく、なにか武道をたしなんでいたと思わせる筋骨隆々とした男。歳《とし》は四十前くらいだろうか。春也がもっとも苦手とするタイプの風貌《ふうぼう》をしていた。

「仕事の内容など説明いたします。ここの職員となったからには、ここの規則に従ってもらいますから」

冷たそうな瞳は過剰労働に疲れたせいなのか、元来のものであるのか。しかしこの仕事に就こうと志したからには子どもが嫌いということはないと思うのだが。

「はい、よろしくお願いします」

答えると、子どもたちはどこか不安そうな表情になった。

大丈夫だよ、と声には出さずに笑顔を向け、主任の後に従った。

苦手意識はさておき、虐待疑惑濃厚と思っていた男と同じ組に配属されたのはラッキーだった。調べやすいし、未然に防ぎやすい。

偶然なのだろうが、ことの成り行きをおもしろがっているようだった原口の顔が浮かんでくる。あの男がなにを考えているのか、本当にわからない。

「高槻先生」

「はい」

「あなたがなにをしようとけっこうですが、余計な仕事を増やすようなことだけはしないでください」

いきなりの牽制《けんせい》球。

「もちろん。俺は子どものためにならないようなことは、なにもする気はありませんよ」

微妙に嚙み合わない会話に相手が眉をひそめた。

できるだけ波風立てずに穏便に、が信条だったけれど、ここではそういう気はない。闘う覚悟で乗りこんできた。同僚と楽しく和気藹々《あいあい》は望んでいない。

すべてが取り越し苦労で、ここで何事もなく楽しく仕事ができれば、それに越したことはないけれど。

それはないだろうと、不安そうに遠くからこちらを窺っている子どもたちの顔を見て思った。


園で働き始めて一週間が経った。仕事というか、雑務に忙殺されて時間が過ぎていく。

その忙しさにかこつけて目を逸《そ》らしていたことがあった。もちろん子どもたちのことではない。自分の心の奥にあるもの。

どんな言葉を返されるかが恐くて、功誠にまだなんの報告もしていなかった。

しかし、心が疲れるほどその声が聞きたくてたまらなくなる……。

事務的な業務連絡だけなら、傷つくようなことを言われることはあるまい。引っ越したことも、働き始めたこともまだ報告していないのだし。

契約は成立だと、功誠は確かに言ったのだから。一応、報告はすべきだろう。

寮の部屋で、まだ仕事中かも……今は食事中かも……と、何度も躊躇《ちゅうちょ》して、やっと通話ボタンを押したのは夜の九時を回っていた。

「あの……春也だけど」

しばらく電話の向こうは無言だった。それから重い息を吐き出す音が露骨に聞こえ、

『ああ』

と、短く応えがあった。

「あ、あの……連絡っていうかさ、報告っての？　しとこうかと思って」

なぜか緊張して、しゃべりがしどろもどろになってしまう。

『それで？』

訊いてもらえたことに元気づけられ口を開く。

「俺、虐待が怪しそうな奴と同じ組の配属になったんだ。そして、園長はやっぱりちょっとヤな感じで、その園長の息子が事務長やってて……」

『おまえな……子どもが今日学校であったことを話してるんじゃないんだ。報告はもっと簡潔にわかりやすく。基本だろう、先生』

「う……ごめん……」

　無理に引き上げたテンションが急降下する。

『で？　虐待の事実は確認したのか？』

「あ、いや、まだ」

『じゃあ、横領の根拠となりえるものは？』

「それもまだ……」

　声が小さくなっていく。

　今はまだ、人の名前を覚えるだけで手いっぱいな状態だ。わかるのは、こいつはヤな奴だ……とかそういうおおまかな印象のみ。

「えっと……園長と事務長が義理の親子で、なんか怪しい感じだから、横領ならあの二人だと思う。で、園全体が重苦しい感じで、ヤな感じで……あの、功誠？」

　相づちも反駁《はんばく》もない電話の向こうに不安になって声をかける。

　すると、またしても、電話の向こうから溜め息が聞こえてきた。

『全体にヤな感じ、てのがおまえの報告の主旨か。大まかなことはこちらでも調べている。余計なことはしなくていい。なにか進展があったらまた電話しろ』

　携帯電話が凍りつきそうな冷ややかな声に、心臓まですくみ上がる。

「わかった、ごめ……」

最後まで言う間もなく、通話は途切れた。

進展があったら電話しろ、というのは、つまり……なにもないなら電話してくるな、ということだろう。

「ツー、ツー」と電子音を奏でるのみの携帯電話を呆然と握りしめ、なんとか心を落ち着けようと試みる。

なにか、自分はそんなに功誠の気分を害することをしてしまったのだろうか——。

今まで、こんなふうに拒絶されたことはなかった。

功誠の迷惑そうなそぶりは癖というかポーズで、かまわずしゃべり続ければちゃんと聞いてくれたし、なんらかの反応を返してくれた。こんな鼻先でシャッターを閉められるような拒絶は初めてで、かなりこたえる。

サトシが言っていたまんまの状態。あれから時間も経っているのに——。

なにか、本当に忙しかったのかもしれない。大事な用件の間に割り込んだとか、別件で嫌なことがあって苛《いら》ついていたという可能性だってある。

無理やりそう思いこもうとするけれど、長い付き合いゆえのカンが違うと告げていた。それでも功誠がなにを考えているのかはわからなくて。

今、自分にわかるのは自分の感情だけだ。

電話を冷たく切られてしまったというだけで、目の前が真っ暗になるほどショックで、やる気のすべてが萎えてしまいそうになる。

頼れるものなどないと自分の道は自分で切り開き、自分の力でここまで歩んできたつもりだったけど。心には拠《よ》り所があったのだ。

功誠なら許してくれる、助けてくれる、自分の味方でいてくれる……。

そんな刷り込みが、心の奥深いところにあった。失うことが恐いと思いながら、失うことはないと高をくくっていた。

独りが恐いと思った。よく覚えてもいない五歳の頃の恐怖がよみがえる。

春也は慌てて携帯電話のメモリを検索し、もうひとつの拠り所と回線を繋《つな》げる。

「もしもし、サトシ？　……うん、別になにもないんだけど。ごめんね、まだ店だよね。……あ、うん、大丈夫。うまくやってるよ。……本当になにもないんだ、大丈夫」

これまで、発作的に電話をしたことなんてなかった。

この時間ならたぶん、サトシはまだ家に帰り着いてはいないはずだ。サトシは最後まで店にいるから。営業は終わって、後片づけの時間だろう。

迷惑だとわかってる時間には絶対に電話なんてしない、そういう春也の気質をわかっているサトシに、用もなく電話して心配するなというのは無理な話だ。

『あんたの大丈夫は聞き飽きたわ。一回ぐらい、お願い助けて、死にそう……って、泣きついてきなさいよ。あんたを助けるくらいの甲斐性《かいしょう》はあるんだからね』

電話の向こうの温かさに、目頭が少しだけ熱くなった。

探ろうと努力せずとも、慣れてくれれば園の中のおかしさは自然に目に入ってくるようになった。

「おこづかいをもらってないって？」

子どもたちが当然のように言った言葉に耳を疑う。

「だって、それじゃ自分の欲しいものはどうやって買うの？」

「我慢、だよ。服は業者の人が持って来るから、そこから一人何枚ずつか必要なだけ選ぶんだ。欲しいのなんてないけどね。もう全部売れ残りみたいなダッサダサのやつだから」

「文房具は最後まで使いきって先生に見せたら、新しいのをくれるの」

自分たちの時は、多いとは言い難かったけれど、きちんと毎月こづかいが支給されていた。服や学用品に関しては、確かに支給品を使っていたけれど、こづかいをやりくりして好みに合う服を買ったり、かわいい文具を買ってみたり、自分の欲しいものを購入することができた。

「でも、本とかお菓子とか……」

こういう話を子どもたちとしていると、どこからか主任がやってくるのだ。

彼を見ると子どもたちは一様に口を固く閉ざす。なにを訊いても話さなくなってしまう。

「いい先生ほどすぐにいなくなるから……」

ここに来た最初の頃に、ひとりの子どもがボソッと呟いた言葉だ。

子どもたちにとって、職員は通りすがりの人に過ぎず、生活を守るためには権力を持った職員に目をつけられないように息をひそめるしかない。子どもたちは規則からはみ出さないよう、みな小さく縮こまって生きている。そんな印象が日増しに強くなっていった。

規則もやたらと細かく、量も多いのだ。

学校から帰宅した後の外出は許されず、園に人を招くことも許されていない。休日の外出は許可制で、その時間まできっちり決められていた。特に時間に関しては、起床から就寝まで細かく決められていて、それを子どもたちがすべてきちんと守るのが、感心を通り越して薄ら寒いほどだった。

そうして、春也が園に来て一月《ひとつき》ほど経った日のこと。

「な、なにをしているんですか!?」

日曜日の夜だった。

子ども二人が全裸で外に立っている。

五月は過ごしやすい気候だが、夜はまだ冷えもする。全裸で表に出るのはおかしいだろう。

いや、真夏でもパンツさえ穿《は》かない全裸というのはおかしいに決まっている。

「罰ですよ。遅れて帰ってきたから」

休日の外出の門限は午後五時。その時間に小学校高学年の男の子二人が遅れてしまったのだ。

「遅れてって……たった五分でしょ!?」

子どもがそのくらいの時間遅れるのは、遅れたうちに入らない、と春也は思っていた。

「五分でも一時間でも遅れたことに変わりはありません」

「違うでしょう、五分と一時間じゃ」

「じゃあ、先生はどこで区切れとおっしゃるんですか。五分を許せばずるずると延びていくのは目に見えています。時間にルーズでは、社会に出て困るのはこの子たちです」

その罰が夕食抜きで、全裸で鉄棒に縛りつけるというのはいくらなんでもやりすぎだ。他の子どもたちは今食事中で、ここには時間に遅れた子ども二人と主任と春也しかいない。

「そんなことは言えばわかるでしょう。全裸なんて――」

「全裸じゃないと、もよおした時に困るでしょう?」

「はあ!?」

完全に頭にきた。トイレに行かせるのが面倒だから、服を脱がせて外に縛りつけているというのか。それは子どもたちのための罰でなどあるわけがない。

猛然と、子どもを縛りつけている腰のひもを外し始める。

「なにをしてるんです」

「なにって決まってるでしょう。この子たちは口で言えばちゃんとわかります」

「口で言って改善されなかったからこういうことになっているんです。なにも知らないくせに変な正義感を振りかざして勝手なことをするのは許しませんよ」

春也の手首を握りしめた握力は強かった。そのまま引きずられるように子どもたちから引き離される。

「こ、子どもというのは、ある程度規則から外れたことをするものです。その都度叱《しか》って、これはいけないことだとわからせれば、大人になったらちゃんと自ら守ろうとするものです！」

力で敵《かな》わないのが悔しくて、大きな声で訴えた。

「そんなことではここの秩序が守れない。あなたたちが育った頃とは時代が違うんですよ」

「そんなわけあるか！」

「やれやれ、困りましたね……。それでは、この子たちの処遇は園長先生にお願いしましょうかねえ」

主任が少しおもしろがるような声で言って、子どもたちを見た。

その方が少しはマシなのではないかと春也は思ったが、子どもたちの反応は違っていた。

「いい、僕たちここで反省する。園長先生は嫌だ」

二人とも引きつった顔で首を大きく横に振る。

「え、なんで……」

「ハルちゃん先生、もういいから。もうなにもしないで」

懇願するような瞳。

事態がまったく飲み込めない。

「子どもたちはちゃんと受け入れているんですよ、この罰を。あなたの出る幕はありません。さあ、他の子どもたちの世話に行ってください」

背中を押し出される。

子どもたちの、頼むからそうしてくれ、というような瞳に押され、どうにも納得できないまま室内へ戻る。

いったい……あれよりもひどい園長の指導というのはなんなのか。子どもたちがあそこまで怯えることというのは……。

園長は子どもたちにはノータッチなのだろうと思っていた。不正は金に関することだけだろうと思いこんでいたのだ。それはたぶん、養子をとって育てたというあたりからきた思いこみだろう。

なぜ園長は原口を引き取ったのか。しかし園長のことが嫌なら原口は他の仕事に就くことだってできたはずだ。慕われている……という感じではないのだが、そこにはなんらかの絆《きずな》があるはずで。

園長のことをもっと調べてみる必要がありそうだ。

他の子どもたちの元へ向かいながら、窓の外を見れば項垂れた二人の子どもの後ろ姿が目に入った。目の前で体罰——いや、虐待がおこなわれているというのに、なにもできない自分が悔しかった。情けなかった。

いったいなにをしにここまで来たのか。

ものすごく簡単に考えていた気がする。現場を見つけ、諌《いさ》めればそれでいいだけだと。あとは園長の不正の証拠を摑んで解任に追い込めれば万々歳、なんて——。

甘かった。功誠が怒った理由が今さらわかった気がする。

功誠はこういう一筋縄ではいかない問題をいっぱい見てきて、わかっていたのだろう。苦労すること、そして傷つくだろうことを。

なるほど、「功誠は春也に甘い」のかもしれない。

だけど、それももう——。

できるところまでひとりで頑張ろうと思う。どこまでできるかわからないけど、やるしかないのだ。

子どもたちのためには早期解決がいいに決まってるし、そのためにはもっと積極的に功誠の協力を仰いだ方がいいのではないか……そうも思うけど。

正直、恐いのだ。電話するのが。

子どもたちのため、よりも、自分の気持ちを優先している。悶々《もんもん》とした思いに苛《さいな》まれていた。

就寝の時間になって、二人の男の子は部屋に戻ることを許された。もちろん食事は抜き、入浴もなし。

春也はおにぎりと蒸しタオルを二人の部屋へ持っていった。だけど二人は浮かない顔だ。

「先生、あんまりこういうことしない方がいいよ。逆らわない方がいい」

それでも、おにぎりは食べてくれたけど。

「園長先生の指導って、どういうの？」

黙々と咀嚼《そしゃく》する二人に訊いてみたが、答えはない。

無理に聞き出すことはあまりいいことではないような気がした。

「話す気になったら教えてね」

「先生……」

「ん？」

「ホント、やめた方がいいって、そういうの」

「どうして？」

「そういうこと訊く先生はみんな辞めちゃったから……」

「最初は主任先生たちに意見してくれるんだけど、だんだん元気がなくなって、苦しそうな顔になって、ごめんねっていなくなっちゃうんだ」

二人は俯き気味にそんなことをボソボソと語った。

「……そう……」

大人を信じていないのだ。いや、信じることができなくなってしまったのだろう。

「いなくなってほしくないから、なにもしなくていいよ、先生」

その諦めきったような顔に、怒りと悲しみが同時に湧いて、全身がカーッと熱くなるのを感じた。

いったいいつからこんな園になってしまっていたのか。どうして気づいてやることができなかったのか。

「忠告はありがとう。でも、なにもしないのは無理かな……」

多くは語らず部屋を出た。たぶん、なにを言っても上っ面にしか聞こえないだろう。すぐにどうにかできる問題ではないとわかったから、地道にやっていくしかないのだ。期待させれば、その都度失望させることにもなるだろう。

自分の都合でぐだぐだ悩んでいる場合ではなかった。一刻も早く子どもたちが安心して暮らせるよう、できる手はすべて打つべきだ。早急に。

春也は意を決して携帯電話を取り出した。功誠の番号を選び、通話ボタンを押す。

呼び出し音に緊張が高まり、回線の繋がった音に勢いで話しかけようとしたのだが――留守番電話の応答メッセージに遮られる。

その無感情で機械的な音声は、功誠の拒絶そのもののように春也には聞こえた。

◇◆◇

ゴールデンウイークも終わり、世間が日常を取り戻した頃、突然淳之が園に顔を出した。

「淳之⁉」

「ハルちゃん、元気？」

「元気だけど、どうしたんだ、今忙しいんだろう？」

ドラマの収録で忙しくてハルちゃんに会えないと電話先で漏らしていたのは、つい先日のことだった。

「うん。でも急にオフができたから。こないだ、サト兄がここに来て門前払いくらったって怒ってたから、様子を見に来たんだ」

「そうなんだよ、俺、その日、児童相談所の方に行ってていなくてさ。サトシも連絡入れてから来ればいいのに」

「驚かせたかったんじゃない？　そういうとこ、ガキっぽいから」

「おまえに言われたら、怒るだろうな、サトシ……」

玄関先で話していると、規則を振りかざす奴がやってくる。主任ではなく原口だったが。

しかし。

「あー、ＪＵＮだー！」

「本当だ、スゲー、本物？　ハルちゃん先生、お友達なの⁉」

通りかかった子どもたちに取り囲まれ、原口は口を挟む間を失ってしまう。これが主任なら一喝で子どもたちを黙らせただろうが、原口はあっさり諦めたようだ。

子どもたちは本当に嬉しそうだった。次々と集まってきて、握手だサインだとすごいことになっている。本当なら携帯電話のカメラなんかで撮られまくりなのだろうが、ここの子どもは誰もそんなものは持っていない。

それに気づいて、春也がカメラを持ってくると、我も我もと撮影会になってしまった。

「ＪＵＮと先生って、大学の時の友達？」

「それは内緒」

子どもの質問に春也が答えた。

「あ、そうか、ＪＵＮって全部内緒なんだよね。僕もそれがいいなあ」

羨《うらや》ましそうに呟いた。それはぽろりとこぼれた偽らざる本音だろう。学校でも施設の子だということを必死で隠そうとする子がいる。そのうちばれてしまうのだけど。その気持ちはよくわかった。

「案外、ここの出身だったりしてねー」

中学生のちょっとひねた女の子が少し離れたところからそんなことを言った。

瞬間、淳之の表情が微妙に翳《かげ》ったのがわかって、春也はその肩に腕を回してギュッと握った。

「JUNは今度、ドラマで主役をやるんだよ。みんなで一緒に見ようね」

春也は話題を逸らすように笑顔で子どもたちに話しかける。

「おまえも頑張れよ。みんなで見てるから。ヘマやったらみんなで笑うからな」

淳之にも笑顔を向ければ、

「ドラマなんだよ。ヘマやったらNG。流れるわけないじゃん」

淳之の顔に笑顔が戻る。

「そうだよ、先生。そんなの常識ー」

突然の芸能人の来訪に、ここに来て初めて、頬を上気させ目をキラキラと輝かせた子どもらしい子どもの表情を見ることができた。

最後にはいつものように規則だと追い払われたのだが。いつもはすんなり引き下がる子どもたちが、「また来てね」「ドラマ楽しみにしてるから」などとギリギリまで淳之にまとわりついていた。

「ありがとな、淳之」

二人で肩を並べて園の前の長い坂を下りながら、春也は心から淳之にお礼を言った。

「別にたいしたことじゃない。俺がハルちゃんにしてもらったことに比べたら」

「それはお互い様だよ」

「……俺さー、この坂嫌いだったんだよね、子どもの頃。暗くて、覆い被さる木がお化けみたいでさ。初めて施設に連れてこられた時、この道の先になにがあるのか、すっごく不安だった」

坂の両側は雑木林、というより藪《やぶ》で、夜は外灯が点いていても誰も歩きたがらない闇になる。昼でも木々が道に覆い被さって薄暗く……日が差さない急な坂道はまるで自分たちの現実を表しているようでもあって、春也もここを歩くのは気が重かった。

「でも、今日見たらさ、むしょうに歩いて上りたくなったんだよね。車を下に置いて歩いて来ちゃった」

淳之はどこか吹っ切れたような笑顔で言う。

「ここでのことは嫌な過去なんかじゃないんだよね。世間的にはどうでも、俺たちには……」

「そうだな」

夕暮れ時で園からはきれいな夕焼けが見えていたのだが、坂の途中からは黒い木々の合間にちらちらと赤紫が覗くだけ。

「でも、あの子たちにはそうじゃないんだよね。この坂のこともずっと嫌な記憶として残るのかな」

春也が学校を辞める時にだいたいの事情は淳之にも説明していた。だけど最近見た実際のひどい虐待については話していない。だけど子どもたちの表情に、淳之なりになにかを感じたのかもしれない。

「そうならないようにするよ、絶対」

「ハルちゃんさ……」

「ん？」

「顔、引きつってるよ」

「え……」

「すごく疲れた顔をしてる。……俺は、ハルちゃんの笑った顔が好きなんだ。ここに来て最初に見たのがハルちゃんの笑顔で、すっごいホッとしたのを今でも覚えてる。俺は正直言って、あの子たちよりもハルちゃんの方が大事だ。あの子たちを可哀想だと思うけど、ハルちゃんがずっとそんな顔してなきゃならないなら、俺は強引にでもハルちゃんをここから連れ出すよ」

見つめてくる真摯《しんし》な顔。子どもの純粋さと大人の落ち着きを併せ持つ澄んだ瞳。その不可思議なバランスが淳之の一番の魅力だろう。優しくて、かわいくて、頼もしい。

「淳之、ありがとう。でも大丈夫。俺にはおまえも、サトシもいるもの。あとはあの子たちが心の底から笑ってくれたら……そしたら俺もちゃんと笑えるようになるよ。不景気な顔しててごめんな。でも今だけちょっと目を瞑《つむ》ってて」

笑顔を向ければ淳之は小さく嘆息して、そして長い手を伸ばし、ふわりと春也の体を包みこんだ。

子どもをあやすように、親を労《いたわ》るように……優しく抱きしめ、頬を春也の髪に擦りつける。

「淳……？」

「ハルちゃんって本当、バカだよね。他人のことなんて二の次で全然いいのに。自分の居心地のいいところにいればいいのにさ……。ハルちゃんが一番いい顔になるのは、俺の横でもサト兄の前でもないよ。子どもたちを心配するのはとてもハルちゃんらしいけど……うまく笑えてないのはそのせいじゃないでしょ？」

淳之の腕の中は思いがけなくホッとできる場所だった。護《まも》るべき存在だった相手が護ってくれようとしている。自分が育てたわけでもないのにちょっと自慢で、かなり嬉しかった。だけど、素直になろうにも自分にとって一番居心地のいい場所は、こちらが選んでも選び返されることはない。行きたくったって行けないのだ。

「おまえだって、これから大変だろう。主役なんて、プレッシャーも違うんだろうし。俺の心配してる場合じゃないんじゃないか」

そっと体を離して淳之の顔を見上げる。

「俺は……まあちょっと大変かもね。半端に居心地のいいところに座ってたけど、ちょっと歩き出そうかな、と思ってるから……」

「どこに？」

「俺はハルちゃんを見習って、ちょっと頑張ってみる。だからハルちゃんは俺を見習って、ちょっとテキトーになってみなよ」

淳之は質問には答えず、吹っ切れたような笑顔でそう言って、坂の下の空き地に停めていた四輪駆動車に乗りこんだ。

「じゃ、また来るから」

バリバリと砂利道を踏みしだき、車は去っていった。

テールランプを見送りホウッと息を吐き出す。なんだかとても気が抜けたというか、少し楽になれた気がする。

来た道を引き返そうと踵《きびす》を返した時、空き地にもう一台停まっていた黒いセダンのドアが開いた。なにげなくそちらに目をやって、固まる。

「こ、功誠――!?」

なぜこんなところに……。

このあいだ意を決して電話した時には、出てもくれなかったのに。いきなりどうしてこんなところに現れるのか――。

「淳之が切羽詰まった声ですぐに来いなんて言うから、仕方なく来てみれば……。なんだ？　見せつけたかっただけか？」

功誠はブリザードが吹き荒れているかというほどに超絶不機嫌だった。

いったい淳之はなにを考えて功誠を呼び出したりしたのか。呼んでおきながらなにも言わずに帰るというのはどういうことなのだろう。

淳之に問いただしたいが、今はそれどころではない。

「春也」

鋭い瞳に射すくめられ身動きもできなかった。

「おまえは幸せな家庭が欲しいんだよな。子どもがいて、奥さんがいて、どこにでもある普通の家庭が欲しい、そう言っていたよな」

問いかけというよりそれは念押しというか。

「言ってた……けど」

「だったらさっさと結婚しろ。おまえがふらふらしてると……惑う奴が出てくる」

「は？　俺はふらふらなんて――！　それに結婚は相手がいなくちゃできないよ」

ムッとして言い返す。

ふらふらなんてしてない。ずっとずっと好きなのはたったひとりだ。たったひとり――。

その口から結婚しろなんて、なぜそんなひどい言葉を聞かされなくてはいけないのか。

悔しくて切なくて、泣きそうな気持ちを奥歯で噛みしめて功誠を睨みつける。

「だから、おまえがそういう顔をすると……迷惑なんだよ」

功誠は言って、露骨に顔を歪めて視線を逸らした。

「迷惑って――」

あんまりな言葉に、返す言葉を失う。

なんなのだろうか。傷つけるためにわざわざこんなところまで来たのだろうか。

電話にも出なかったくせに、留守電にメッセージを入れるのだって、こっちは必死でしどろもどろで。なのにかけ直してもくれなかったくせに。

こういうことこそ、電話ですませてほしかった。それならいくらでもごまかしがきいたのに……。堪《こら》えるあまり真っ赤になった目元も、開けば震えてしまいそうで引き結ぶしかない口元も、失った顔色も――。

春也はギュッと拳《こぶし》を握って震える口をかすかに開いた。

「俺は……おまえを見てもいけないのか」

絶望的な気分に思わず涙がこぼれ落ちそうになって、慌てて踵を返して走り出した。

半端じゃない登り坂を全力疾走する。だけど登りがきつすぎて笑えるくらい前に進まない。

木々が風に煽られざわざわと呻《うな》っていた。

走りながら、メガネを外して目元を拭《ぬぐ》えば、手の甲がかすかに濡《ぬ》れた。

園が見えるところまで来て足を緩めて息をつく。こんな顔のまま戻るわけにはいかない。

その時、後ろから腕を引かれてハッと振り返る。真後ろにあった黒い影に、驚く間もなく抱き竦《すく》められた。

「こ……せい……？」

走って上がっていた心拍数がさらに跳ね上がる。驚きすぎて涙も止まった。

「クソッ……なにやってんだ、俺は――」

功誠は吐き捨てるように言って、しかし春也の背に回した腕にはグッと力が入った。

そのまましばらく、お互いにどうしたらいいのかわからないように固まっていた。

「春也……」

功誠が耳元で低い声を発した。それに答えるように春也の体がビクッと震える。

――なにも言わないでこのまま抱きしめていてくれないだろうか。

その胸に、気づかれないように恐る恐る頬を預けてみたのだけれど。

「……事務長の原口には気をつけろ」

耳元に低い声で囁かれ、ハッと現実に引き戻される。が、言葉の意味は頭に入ってこなかった。

功誠が腕を解き一歩後ろに退くと、体の周りの空気が急に冷えて心許ない気分になる。

「留守電はちゃんと聞いた。虐待に関しては刑事告発した方が対応は早いだろう。児童相談所はあてにならない。しかし心の傷では警察は動かないから、過去のものであれ虐待が行われたという証拠が必要だ」

淡々と事務的な口調。暗くて功誠の表情は見えなかった。功誠の方からも見えないだろうと思えば、心が少しだけ落ち着きを取り戻す。

「だが、園長が直接手を出していなければ、またトカゲの尻尾《しっぽ》切りになる可能性は高い。園長を解任して体制を根本から立て直すためには、知事でさえ握り潰しようのない悪行の証拠を叩《たた》きつけて、解職命令を出させるしかない」

その言葉に春也はすべきことを思い出し、留守電には入れきれなかった詳細を伝える。園長にも虐待の疑いがあることや、子どもたちの様子などを。

「わかった。裏を取る」

聞き終わると功誠は短く言って、じっとこちらに目を向けたまま黙る。

春也はなにか他に言うべきことがあるだろうかと思考を巡らせるがなにも出てこなかった。さっきの抱擁はなんだったのかと問いたい気持ちはあったが、口に出せば幻になってしまいそうで。

「奴らはおまえが思う以上に悪党だ。おとなしく従ってるような顔をしていろ。余計なことはするな。証拠固めは俺がやるし、内部情報が必要であればこちらから連絡する」

沈黙の後に功誠はそう言って身を翻した。

「功誠！」

思わず呼び止めたものの、なにを言いたいのか自分でもわからない。

「あの……忙しいんだろうけど、子どもたちのためにもよろしく頼む。俺も頑張るから」

それも言いたいことではあるはずなのだが、微妙に違うような気もした。

功誠は大きく息をついて口を開いた。

「引き受けたからにはちゃんとやる。おまえはガキの面倒だけ見てろ。おまえが頑張ると余計な仕事が増える」

冷たく言い捨て、真っ暗な坂道へと消えていった。


絶望した後のつかの間の幸福感は、混乱をつれてきた。

いったいあれはなんだったのか。

迷惑だ、結婚しろと言ったほんの数分後に、どうして抱きしめる……？　しかもその後に言った言葉が、原口に気をつけろ、余計なことはするな、だ。

いくら考えても、功誠の気持ちがさっぱりわからない。

ただ、自分の中には新たな発見があった。功誠にどんなに嫌な顔をされても、抱きしめてしがみついて離さなければよかった――なんていう、甘ったれた気持ちとあからさまな独占欲。

そんなことを考えている場合ではないのに、気がつくとそのことばかり考えている。

思えば、昨夜は淳之にも同じようなことをされたのだ。その後の衝撃にすっかり頭の中から消えていたけど。

同じようなことなのにまったく違うように感じているのは、自分の相手に対する気持ちが違うからだろう。自分が特別だと思うから特別なのであって、相手にとってもそれが特別なことだとは限らない。

もしかしたら、功誠は淳之と同じようにただ元気づけようとしてくれただけかもしれない。たぶん自分はかなり傷ついた顔をしていたはずだから。

ただ確かなのは、そのなんでもないかもしれない行為に自分が過剰に反応しているということ。そしてほんの少し、期待している。そこに特別な感情が存在すればいいのに、と……。

「やめとこう」

失望するのがわかっていて期待するほど虚《むな》しくて危険なことはない。

それよりも、功誠にこれ以上の負担をかけさせないようにするべきだろう。

ここから功誠の住む場所までは車でも片道一時間近くかかるのだ。調べるだけにしてもこの距離はかなり厄介なはず。功誠は他にも案件を抱えていて、しかもこの仕事はボランティアだ。調べられる限りはこちらで調べて功誠に指示を仰ぐというのが正しいやり方だろう。園内のことなんて、外の人間にはわからないのだし、自分はそのためにこの園にやってきたのだし。

必要な証拠を揃《そろ》えて、これでお願いします、と功誠に差し出すのがベストだろう。忙しくしていれば、余計なことを考えずにすむし。

まず目を光らせるべきは園長親子、そして主任、及びその周辺。

虐待を行っている主任一派は園長と仲がよく一番力を持っている。他の職員は意見することに疲れたのか、辞めさせられることを恐れてか、そういった暗部に関しては見えないふりを決め込んでいた。実際に意見していた人たちは辞めさせられたのだから、残っているということは黙殺派と見ていいだろう。

もちろん、だから彼らが悪い人間だと言う気はない。なにをどう感じてどう生きるかは人それぞれだ。

春也が屋外の物干し場で子どもたちの洗濯物を取りこんでいると、目を光らせるべきひとりがやってきた。

午後の明るく健康的な日差しがまったく似合わない男だ。功誠は光をまとう闇だが、この男は光を厭《いと》う闇という感じ。若干のひいき目はあるかもしれないが。

日差しを厭うように日陰に入りながらも、原口は春也の近くで立ち止まり話しかけてきた。

「あなたはここでなかなか幸せに暮らしていたようですね。次から次にお友達がいらっしゃる。美容師さんの次は俳優さんで……彼もここの出身者なんでしょう？」

今はまだ子どもたちは学校に行っている時間。職員は雑務をこなしたり、休憩をとったりしている。事務長という肩書きを持ち、金銭面はほぼひとりでこなしている男が暇なわけはないと思うのだが、この男が忙しそうに立ち働いているところを春也は一度も見たことがなかった。

「あいつはそういうわけじゃ――」

淳之が内緒にしていることをこの男に知られるのは危険すぎる。ごまかそうと口を開いたのだが、

「別にばらす気はありませんよ。興味ありませんから」

原口はさらりと流した。少しホッとしたのもつかの間。

「私が興味があるのは『美形の悪徳弁護士』さんの方です」

続いた言葉に驚いて原口に目を向ける。

原口は涼しい顔の口元におもしろがるような笑みを浮かべていた。

「なんで……」

功誠がここを訪問したことはないはずだ。一番近づいたのが昨晩の園の前までだろう。

だけど功誠は注目の裁判の被告を弁護したことで、マスコミにいろいろと取りざたされていた。顔の良さが災いしたのか、女性週刊誌などがあれやこれやと功誠の過去を嗅ぎ回って、すでに出自も知れ渡っている。

ちょっと調べれば、春也と同期だったこと、同じ部屋だったことも、事務長であれば知ることは可能だろう。

しかしどうやら、そういったことではないらしい。

「いろいろと嗅ぎ回ってるようですね。私や園長について」

「え……」

「あなたが頼んだんでしょう?」

頼んだといえば頼んだ……けれど。電話の対応や態度から、嗅ぎ回ると言われるほど積極的に動いてくれているとは正直思っていなかった。

「かなり優秀な方のようですね。私に関する情報もかなり正確に集めておられるようだ。彼になにか言われませんでしたか?」

そういえば、昨夜どさくさにまぎれて、原口に気をつけろ、なんて言葉を聞いた気がする。

「別に……特には」

「そうですか。意外ですね。熱い関係のように見えたんですが、昨夜は」

その言葉に、シーツを取りこもうとした手がピクッと止まる。心臓も止まるかと思った。

「まあ、あなたのことが本当に大事なら、私のそばには置かないでしょうけど。私の噂《うわさ》を正確に摑んでいるのであれば」

「……それはどういう……？」

「あなたが本当に欲しがっている情報は、いくら周囲を嗅ぎ回ったところで出てきませんよ。知りたいなら、あなた自身が私に近づくことです」

「近づくって……」

淡々と話す原口の言葉に困惑する。春也がなにをしたいか知っているようなのに、邪魔をするどころか近づいてこいと言う。その真意はどこにあるのか。

「いつでも歓迎しますよ」

そう言った顔が本当に楽しそうなのが意外だった。去っていく背を呆然と見送る。

難解な男だ。たぶん思考回路が自分とは全然違うのだろう。いつも異星人とでも会話したような気分にさせられる。

しかし、いくら功誠が周囲を探っても本当に必要な情報――つまり不正の証拠は得られない、というのは原口の言うとおりかもしれない。

探るのを歓迎してくれるなら、いっそ証拠を差し出してくれないものか。

原口の意図はわからないが、言われるまでもなく探るつもりだったのだ。誘いは真っ向から受けて立つ。注意しろと功誠に言われたことなどきれいさっぱり頭の中から消えていた。

それから、暇を見つけてはストーカーのように原口の動きに目を光らせる。

園長は園にいないことが多かったし、いつもそばにいる主任らの動きは見張らずとも異変があればすぐにわかる。

子どもたちのためにも功誠のためにも早く確固たる証拠を掴みたくて、比喩《ひゆ》でなく寝る間も惜しんで動き回った。

証拠、証拠と呪文《じゅもん》のように唱え、しかしなにごともなく一週間が過ぎた。

週に一度の夜勤の日。春也は事務室から灯りが漏れているのに気づいた。そっと中を覗き込めばそこには園長と事務長の姿がある。

「今月の収支はどうだ？　和己《かずみ》」

ここにきて初めて原口の下の名前を知る。

親子なのだから名前で呼ぶのは普通だろうが、どうもなにか違和感がある。園長は原口の背後から覆い被さるようにしてパソコンの画面を覗き込み、片手で原口の二の腕あたりを執拗に撫でていた。

「みなさまの善意も不況のあおりで減少の一途ですから。幽霊でも増やしますか」

原口の口調は平板で冗談を言ってるふうでもない。園長の手の動きにも特になにを感じているふうでもなかった。

「そうだな、あと一人二人はいけるだろう」

言葉の意味はよくわからなかったが、それがよくない密談であろうことは察せられた。その後原口はパソコンを操作し、園長は園長室に消えた。パソコンから吐き出されたディスクがケースにしまわれ、鍵付きの戸棚にしまわれるのを見たところでその場を離れる。あのディスクをどうやって手に入れるか——それを夜通し考えていた。


二人の留守中にとりあえずパソコンの中を調べようとしたけれどパスワードの壁にぶつかった。ディスクを取り出そうにも鍵は原口が管理している。それを開くにもきっとパスワードが必要だろうけど。

なんとか鍵の在処だけでも暴こうと、執拗に原口を見張ったがまったく摑めない。視線を感じないでもないだろうに原口の態度は変わることなく、いつもどおり涼しい顔をしていた。なにかを摑まれても問題ないと高をくくっているのか、なにも探り出せるはずがないと侮っているのか、それとも——。

『もしもし、春也?』

功誠が電話してきたのは、抱きしめられたあの日から十日ほどが経った日のこと。

鼓膜を震わす愛想のない声に条件反射で胸が熱くなる。

「うん、なんかあった?」

声に動揺が表れてしまいそうで、短く返事した。

すでに子どもたちの就寝時間は過ぎ、園内はひっそりとしている。春也も勤務を終えてそろそろ寮に戻ろうとしていたところだった。春也は無人の談話室に入り、声をひそめて話す。

功誠は、辞めた職員や卒園した子どもたちから過去の虐待についての証言が取れたこと、過去に児童相談所に駆け込んだ子どもがいたが、その時は改善の指導が入って改まったことになっていることなどを事務的に淡々と報告した。

まるっきり、なんのわだかまりも持っていないように。きっと依頼者と話す時はこんな感じなのだろう。信頼は置けるが人間味には欠ける。

『児相も県の福祉課もまるであてにならない。権力には逆らわない事なかれの無能ばかりだ。そっちはどうだ？　なにか変わったことはないか？』

「うん、子どもたちに関しては今のところ平穏無事だよ。あれからひどい虐待は見てない。だけどそれは子どもたちが自分を圧《お》し殺して生活してるからで……なにもないからいいということじゃないんだけど……」

平穏は子どもたちの忍耐の上に築かれた砂上の楼閣だ。なにか小さな亀裂が生じれば、もろく崩れ落ちてしまうだろう。子どもたちの心ごと、体ごと——。

『おまえは？　なにも余計な動きしてないだろうな？』

まるで信用していないような口調にムッとする。

まあ実際いろいろ動いているわけで、功誠の懸念は大当たりなのだが。余計なことなどと言われるのは心外だ。これでもけっこう収穫はある。

少しは見直してほしくて、ちょっと自慢げに原口と園長の密談の内容を報告した。

『ふん。幽霊ってのは、職員か子どものことだな。名義だけ持ってきて補助金や措置費をちょろまかすつもりなんだろう。わかりやすいことしてやがる。手入れなんて入らないって高をくってるのか』

「あの鍵さえ手に入ればなあ」

『……春也。おまえはそれ以上なにもするな。特に原口には近づくな』

「原口って……おまえ、あの人に妙にこだわるけど、なにかあるの？　わけを聞かなきゃ気をつけようがないだろ」

『あの男は……ゲイでサドだ。それも相当タチが悪い。さらにおまえはあいつの好みにぴったりはまる。ゆえに危険だ。わかったか？』

功誠が抑揚のない声でとんでもないことを言った。

「え、ええええ!?　あの人が？　うそー……」

にわかには信じられなかったが、あの冷たさからしてMよりはSの方がありえる。ゲイだというのは……考えて、ふと園長が原口の腕を執拗に撫でていたのを思い出してしまった。

……まさか、な。

一瞬脳裏をよぎった恐ろしい妄想を首を振って否定する。

『うそじゃない。やられたくなかったら奴には近づくな。鍵は……俺が開けてやる』

「開けてやるって、どうやって？」

『手はいくらでもある。とにかく、おまえは動くな。いいな？』

同意を求めるというよりは完全なる命令形。反抗心が頭をもたげるが、こういう功誠には逆らわないに限る。

「わかった」

短く答えて電話を切った。

功誠がいったいどうするつもりなのかはさっぱりわからないけど。きっとどうにかするだろう。そのへんは信頼している。

だけど、自分だってなにかしたい。力を合わせて、なんて言うと功誠にものすごく鬱陶《うっとう》しがられそうだが。

溜め息をついて携帯電話を閉じ、寮へ戻ろうと談話室を出た。

暗い廊下に非常灯の緑が淡く光っている。

目の端で黒い影が動いたと思った瞬間、春也は首の後ろにビリリと痛みを感じて、気づいた時には膝を折っていた。目の前がハレーションをおこしてよく見えない。

「鍵が欲しいなら、素直に私のところに来ればいいんですよ」

声がして、振り仰ごうとしたところでもう一度痛みを感じ、目の前が真っ暗になった。
廊下の冷たさを頬で感じたのを最後に意識が途絶えた。

園には地下にボイラー室がある。

◇

◆

◇

春也《はるや》は用がないのでほとんど入ったこともなかったが、そこはボイラー室というより地下《ちか》牢《ろう》とでもいった雰囲気が漂っていた。

窓はなく、陰気な空気に満ちた部屋。太いパイプが走り、ゴーッとなにかが断続的に呻《うな》るような音をさせているあたりは、確かにボイラー室なのだが。ドアは内からも外からも鍵がかけられるようになっていた。カチッと回すタイプではなく、どちらも鍵穴に鍵を差し込んで開けるタイプ。そのドアの中程には小さな窓もついていた。そしてなぜか、片隅にトイレがある。

閉じこめられて初めて、それらの使い道がわかる。

しかしそんなことに感心してる場合ではなかった。目が覚めるとすでにそこに監禁状態だった。

服は身につけていたが手足を拘束されている。それも手錠のようなもので右の手首と右の足首、左の手首と左の足首とを繋《つな》がれるという奇妙な拘束の仕方。左右を一緒くたに括《くく》られているわけではないので走れはするだろうが、上体を前に折って深くお辞儀をしたような無様な格好で走ることになる。逃げづらいという点では両手ずつ両足ずつを縛るより効果的かもしれない。

しかも首には首輪。そして首輪の鎖の先は天井から伸びるパイプに繋がれていた。これではまるっきり犬だ。

「意外におとなしいですね」

スーツ姿の原口《はらぐち》が鎖を引きつつ静かに言った。

サディストのゲイというのは正しい情報だったようだ。淡い橙《だいだい》色の灯《あか》りに照らしだされる端正な顔には冷たい愉悦の光がある。

「俺をどうする気？」

好みなのだと功誠《こうせい》から聞かされてはいたが、正直なところ、実際になにをされるのかよくわかっていなかった。ムチで叩《たた》かれたり、ロウを垂らされたりするのだろうか……と、それが想像の限界だった。

「もっと怯《おび》えてほしいな。君はいい顔しそうだもの」

言うと同時に原口が強く鎖を引いた。

体育座りの格好から前のめりになって床で頬《ほお》を擦《こす》り、鎖を持ち上げられて上体を起こすと正座のような格好になる。両手は体の横だ。

その前に原口は屈《かが》みこんでナイフをちらつかせる。それにはさすがに怯《ひる》んだ。

「な、なにを――」

「そうそう、そういう顔」

原口は楽しそうに笑う。着ていたシャツのボタンを一つずつナイフで飛ばす。それが終わると下に着ていたTシャツもことなく裂かれた。

「きれいな肌ですね」

ナイフを持った手が胸の上を滑る。おぞましさもさることながら、恐怖に身を強張《こわば》らせる。

「そうでした、これを取らないと」

今思い出したというように原口がずれ落ちかけていたメガネに手をかけた。

「やめろ、触るな！」

どうしても触られたくなくて身を捩《よじ》る。

「おや、おかしな人ですね。服を破られるのには抵抗しなかったのに。そんなにこのメガネが大事ですか」

嘲《あざけ》るように言いながら、ナイフの刃でメガネの蔓《つる》を引っかけると弾《はじ》くようにして飛ばした。

床に硬い音を立てて落ちたメガネは二、三度バウンドして原口の足元に転がる。

「あっ」

思わず取りに行こうとしたのだが、目の前で原口の足がそれをぐしゃっと踏み潰《つぶ》した。

「な！　きさまっ――」

睨《にら》みつけたが鎖を引かれ、首が絞まって潰れた声が漏れた。

「やっぱりきれいな顔ですね。泣きぼくろがなかなか色っぽい。泣かせてみたくなる顔だ」

顎《あご》を持ち上げられ、至近距離で見分《けんぶん》される。

春也はただメガネのことが気になってしょうがなかったが、下を見ることは叶《かな》わず。そのまま唇をふさがれてしまう。

「んんっ！」

抵抗しようとすると手首の縛《いまし》めが食いこんで痛む。

好きでもない相手とキスをしてなにが楽しいのか、春也にはさっぱりわからなかった。世の中にはいろんな性癖の人がいる、それはわかってるけど……。

思い出したのは小学生の時に自分の体に触れてきた男のことだった。

「あんた、子どもたちにこんなことしてないだろうな！」

唇を解放されて一番に言ったのはその言葉だった。

「私は子どもには興味はありません。子ども好きが高じて、施設の園長になった男なら知ってますがね」

「なっ――」

それでは、子どもたちが園長室に行くことを執拗《しつよう》に嫌がったわけというのは……。

「最低だ。なんであんな奴が園長になれるんだ」

頭が抱えられるならそうしていただろう。髪をかきむしって悶《もだ》えたい気分だった。

「別に……虐待なんて、どこの施設もそういうものでしょう。そう思うから私はあえてなにも言わなかった。孤児というのは地獄を見るようになっているんですから」

「そんなわけあるか！」

「言ったでしょう。あなたは恵まれていたんですよ。……私の育った施設はここよりもっとひどかった。女衒《ぜげん》のようなところでね。寄付金と引き替えに子どもを自由にさせる……。そこで私は、あの男に気に入られて引き取られたんです。されることは一緒でも、金と若干の自由があった分、施設にいるよりマシでしたから耐えましたよ。もっとも、あの男の好みは毛もはえていないような美少年なので、高校生くらいからは見向きもされず金だけもらえて楽なものでした」

原口は笑う。笑顔の裏に濁った闇《やみ》が見える。呑《の》みこまれてしまいそうな深い闇が。

「私は幸せな子ども時代を送った人間が嫌いなんです。特に、孤児だったのに幸せだったなんて……そんなのは絶対に許せません」

原口はナイフをきらめかせ、刃先を春也のベージュのスラックスの前に押し当てた。

「だ、だからって……こんなことをしてなんになる？　いつまでも過去に囚《とら》われて、他人の過去を呪って、それであなたは幸せになれるのか!?」

ナイフが今にも生地を裂いてしまいそうで恐かったけれど、必死に声を振り絞った。

「幸せになろうなんて考えたこともありません。……どうでもいいんですよ、そんなことは」

「どうでもよくなんてない！」

反射的に叫んでいた。ナイフの存在もその一瞬、忘れていた。

「幸せになろうとしなくちゃ……なれないに決まってると思っても、なろうとしなくちゃ、落ちていくばっかりなんだ。周りがみんな幸せそうに見えて、それをぶち壊して一瞬すっきりしても、あとに残るのは惨めさだけで……」

そんな自分を覚えている。卑屈で意固地で、心の奥でいつも人の幸せを妬《ねた》んでいた。関係のない因縁をふっかけて喧嘩《けんか》をしたこともあるし、姑息《こそく》な意地悪をしたこともある。そうするたびに少しだけスッとして、その倍自分のことが嫌いになった。

施設で育ったことを不幸だったとは思っていないけど、ぬくぬくと育ったわけでもない。ただ、自分には話を聞いてくれる人や一緒に泣いてくれる人、怒ってくれる人や励ましてくれる人がそばにいたから……。

「あなたが今から俺になにをしたって、俺の過去は変えられないし、あなたの過去も変わらない。でも、未来は変えられる。良い方にだって、悪い方にだって……。俺は自分の人生を進んで悪い方になんて変えたくない。ちょっとでも幸せになりたいし、周りの人も幸せになってほしいと思ってる」

原口は嫌な奴でいけ好かないけど、無関心にはなれない。入る施設が違えばそれは自分だったかもしれないと思えて。もし独りだったら、原口のように……いやもっと荒《すさ》んでいたかもしれない。

「幸せになんて……なれるわけがない。過去に戻れないなら……永遠に……」

冷めた声音にわずかに感傷がにじむ。春也を睨みつける目が春也を通り越しているようにも見えた。

それはかつて幸せだったことがあるように聞こえる言い方だ。

「未来にだってきっとある。幸せを摑《つか》もうと努力すればきっと……」

その感傷に付け入りたかった。わずかに覗《のぞ》いた原口の人間らしさに。

しかし――。

「そもそもいらないんですよ、私には、未来なんて。一時の快楽があればそれで充分」

原口は感情を消し去りニヤリと笑うと、ナイフを力任せに振り上げるようにして春也の腰のベルトを切った。ナイフの切れ味は上々のようだ。原口は春也の腰からベルトを抜き取る。

「私は人をなぶっている時が一番幸せなんです。私の幸せに協力してくださいよ、先生」

胸元をひんやりとしたナイフが滑る。それは刃ではなく面《めん》の方だったが、恐怖心を煽《あお》るには充分だ。

「嫌だ。一時の快楽なんて、そんな泡みたいに消えてしまうもののために、協力なんかするもんかっ」

引きつった声で言い返すと原口は楽しくてしょうがないという顔になる。

「大人には冷たいんですねぇ、先生」

「俺はあなたを大人だなんて認めない。あなたは……子どもに戻りたくて戻れなくて、悪あがきしてるだけなんじゃないの？　だからいつまでもここを……園長のそばを離れようとしないんじゃ――」

言いかけた春也の言葉を遮《さえぎ》るように、目の前にナイフが突きつけられた。ハッと息を呑み、口を噤《つぐ》む。憶測はどうやら的外れではなかったらしい。

原口はそのまま動かず、口も開かなかった。目だけは平素の余裕をなくし、冷たくギラギラと光って春也を睨《にら》みつけている。

しばし張りつめた空気が室内を支配し、春也は意を決して静かに口を開いた。

「未来を否定したって過去には戻れないし、そもそもここで子どもに戻っても不幸を重ねるだけでしょう。他の道を歩き出せば、不幸な子ども時代を補ってあまりある幸せが手に入るかもしれない。あなたと道を重ねる誰かが待っているかもしれないのに……」

園長のそばにとどまることが原口のためになるとは思えない。それを原口がわかっていないとも思えない。なのにどうしてここにいるのか……?。

「……私は自分の意志でこの道を選んだんだ。道を重ねようとしたけど、どうにもならなかった……今の私では」

独り言のように原口が呟《つぶや》いた。

——この道を選んで、重ねようとした相手とは……まさか……。

「園長が、好き、なのか……?」

「とんでもない。憎んでいますよ。憎くて憎くて離れられない。あの人が崩壊する瞬間を見届けるまで——。だから悪事には喜んで手を貸したし、堕落させる手助けは惜しまなかった」

たぶんきっとそれも本当の感情なのだろう。だけど、目線を落とし表情を硬くした原口を見ていると、自分のカンが見当外れではないと思える。

「……どうして自分で壊さない?」

原口はその問いを黙殺したが、答えは春也にもわかる気がした。

求めても得られないのなら、壊してしまいたい。でも自分では壊せない。少しでも長く——報われなくてもそばにいたい。だけど早く解放されたい。グルグルと巡るジレンマ。

「私とあの人を崩壊させてくれるのは、私より狡猾《こうかつ》な人間か、情熱だけで走れるバカか、どっちかだと思ってました。……ずっと待っていたんです」

原口が顔を上げ、ナイフを春也の顎の下につけた。

「……魅力的なバカで嬉《うれ》しいですよ」

クイッと顎を持ち上げられ、原口の暗い瞳に射抜かれる。

崩壊を望むと言いながら、この状況は崩壊させようとする春也をこそ壊そうとしているのではないか。

本音と建て前、心と体、意地と思慕——いろんな相反するものが原口の中を渦巻いているのが見えるようだ。その屈折が伝わってくる。

「あなたがこういうことをすべき相手は俺じゃない。あのタヌキをぶん殴って縛り上げるってんなら、俺も手伝ってあげる」

「冗談じゃない。私の美意識に障ります。私はあなたのような人が好みなんですよ。対極だ。汚いものには手も触れたくない」

「そうやって言い訳して逃げててもしょうがない。ちゃんと向き合わないと。罵《ののし》るでも殴るでも、抱きしめるでも——。あなたが自分でやらなくちゃ過去にできない。袋小路から抜け出せない」

思い出すと辛《つら》いことばかりが過去には散らばっているけれど。春也にとってそれはもうすべて終わったことだ。忘れることはできないけど、今は今と向き合うことで手いっぱい。

だけど原口はずっと過去の中にいる。きっと「変な愛情」をもらっていた頃へ、必死で時間を戻そうとしている。もしかしたらそれが、原口の人生で唯一受けた愛情らしきものなのかもしれない。

「過去に戻ることなんて誰にもできないんだ。どんなに求めても失ったものは戻ってこない。子どもを性欲処理の道具にするのは、絶対に愛情なんかじゃない」

原口自身が痛いほどわかっているであろうことをあえて突きつける。静かに。淡々と。はっきりと。

「うるさい口だ……わかりきったことをクドクドと」

唇にナイフの刃先が触れた。そのまま奥に向かって進んでくる刃を、どうしようもなくて口を開いて受け入れる。口内の中央でそれは止まった。

「小学校の先生なんてやってると、説教臭くなってしまうんですかね。子どもに言われませんか？　ウザイって」

どうやら逆鱗《げきりん》に触れてしまったようだ。怒りに冴《さ》えた表情と全身を包む憤りのオーラ。今にも刃先を左右に、もしくは奥に突き動かされそうで身動きもできなかった。

その時――。

ドンドンドンッ！　ドアを強く叩く音がして、

「せんせー！」

子どもたちの声が響いた。

春也はハッとドアに目を向け、原口は舌打ちをしてドアに向かって大きな声を出した。

「今何時だと思っているんですか、さっさと戻って寝なさい！」

すぐに子どもたちは静かになったが、気配は去らない。

「彼らにとっては決死の行動でしょうね。先生を護《まも》りたい一心というところですか。けなげですねえ」

たぶん、今はまだ深夜だ。誰かがここに運び込まれるところを見たのだろうか。決死の行動というのは比喩《ひゆ》でもなんでもないだろう。

口からナイフが抜かれた。

「先生思いの彼らにサービスで声でも聞かせてあげましょうか。せいぜい、いい声をお願いしますよ、ハルちゃん先生」

「バカな――」

信じられない、という顔で原口を凝視する。

この男は本当に病んでいる。子どもの頃の不幸に心が凝り固まったまま――。子どもだから、子どもにも容赦がない。だけど子どもより知識は深く、狡猾だ。

「もう、やめろ……」

小さな声で言ってみたけど、原口は口の端を上げただけだった。

押し倒されると手首と足首に輪っかが食いこむ。どうしても、膝《ひざ》を曲げ足を開くような格好になってしまう。

ナイフがスラックスのボタンを飛ばしてファスナーを下ろす。指で下着をつまみ上げ、ナイフを上から下へ滑らせツーッと切り裂いた。

こもっていた場所が外気にさらされる。

「いい格好ですね」

スラックスに足を通したまま、股間《こかん》だけを露出するという無様な格好に泣きたくなった。

せめて子どもたちがあの小窓を開けて中を覗こうとしないことを祈るだけだ。

原口は股間の裂け目にナイフを当て、それをさらに後ろへと広げた。

「出来上がり。さて……始めましょうか。皆さん、お待ちだ」

自分がどんな声を発しても、子どもたちにショックを与えてしまうだろう。

「部屋に戻りなさい！　先生は大丈夫だから、なにもないから、戻って寝なさい！」

なにかをされる前に叫んだ。

なにもないと言ったところで、子どもたちの方がここでなにが行われるのか、よくわかっているのかもしれないが。

叫び終わると同時に、容赦ない平手打ちが飛んできた。

ビシッという音は外まで聞こえてしまっただろうか。外からの声はまったく聞こえなかった。

早急に声を出させようという腹なのか、原口はいきなり胸に舌を這《は》わせ、股間のモノを摑んだ。

ビクッと体が硬直する。歯を食いしばった。

舌が皮膚の柔らかいところを執拗に舐《な》め、吸い上げる。下に伸ばされた手は形をなぞるようにゆっくりと動いた。

感じているつもりはないが、乳首は立ち上がり男の愛撫《あいぶ》に応える。体が熱を持ち始めるのがわかった。気持ちよくもないのに徐々に硬度を増す己の反応が不可解で……。

ギリギリと奥歯に力を入れる。

「フッ……。子どもたちのため、ですか？　私に言わせればあなたの庇護《ひご》心も度を超してますよ。病的です」

「ん、くぅ！」

いきなり下を強く握られ、先端に爪《つめ》を立てられて声が漏れてしまう。そのままグリグリと爪を押し込むようにされて、声をこらえれば代わりに全身から冷や汗が噴き出した。

後ろの穴に指を這わされて、思わず身を捩れば鎖がシャラシャラと鳴った。

「やめ、ろ……」

覆い被《かぶ》さってきた原口の耳にやっと届く程度の声で意見する。が、もちろん聞く耳など持っていない。

「おとなしく言うことをきけば、あなたの欲しいものを全部差し上げます。まあ、抵抗されるのも嫌いじゃありませんが」

首筋に噛《か》みつかれ、痛みに声が出そうになる。

本当に、これで証拠をくれるというのか……？

それなら……という思いと、それでも……という思いが交錯する。

その時。カシャン、と金属の噛み合う小さな音が、はっきりと耳を打った。

ギーッと音を立ててドアが開く。外の光が暗がりを一気に押しやり、ぽっかり空いた光の中に人影を見る。

光をまとった黒い影は、来るべき時に現れる、正しい「正義の味方」の姿だった。

「功、誠……」

その姿を見た途端、春也の全身から力が抜けた。これで大丈夫……もうなにも恐れるものはないのだと思える。それはもう無条件に。

功誠の鋭い瞳は真っ直《す》ぐに春也の上に乗る原口を睨みつけていた。

原口が仕方なくといったふうに春也の上から退《ど》くと、情けない姿が光の下に曝《さら》されてしまう。

膝を閉じて身を捩ったが、うまく隠すことができない。それにきっともう手遅れだ。自分の視線を逃がしてその顔を見ないようにするのが、春也にできる精いっぱいの避難だった。

空気の動く気配がして、体の上にふわっと優しい香りと温《ぬく》もりが落ちてきた。見れば功誠のスーツの上着が体を覆い隠してくれている。

ハッと功誠の方に目を向ければ、功誠はもうこちらを見てはいなかった。原口の胸ぐらを摑み、ギリギリと絞め上げている。

「暴行監禁致傷……そんな罪状じゃ全然足りねえ」

押し殺したような低い声。振り上げられた拳《こぶし》が躊躇《ちゅうちょ》なくその頬に叩きこまれた。よろけて踏みとどまったところにさらにもう一発。

吹き飛ばされた原口は、壁に背をぶつけ跳ね返って床に膝と手をついた。しばらくその状態で動かなかったが、ゆっくりと顔を上げると手首で口の端の血を拭《ぬぐ》った。

白い顔に鮮血が赤い線を引く。

「暴力はいけないんじゃないですか、弁護士さん」

それでも原口は不敵に笑い、言った。

「殴ったのは俺じゃない。春也の正当防衛だ。俺がそう証言する」

功誠はしれっと言い抜ける。目は鋭く原口を見据えたまま。

「偽証は罪じゃありませんでしたかね」

「キサマごときに通す正義は持ち合わせていない」

それっきり功誠と原口は口を開かず、静かな睨み合いが続く。先に口を開いたのは原口だ

った。

「熱血先生なら子どもたちのためにこれくらいの代償は喜んで払ってくれると思ったのですが……残念ですね。とんだ邪魔が入ってしまった」

それは、証拠はもう渡さない、ということだろうか。

功誠はまったく表情を変えることなく春也に近づくと、その体の上にかけた上着の内ポケットから、小さくて分厚い紙の束を取り出し、原口に向かって投げた。

「ここの鍵を捜して園長室を物色してたら、偶然見つけてしまってな。証拠なんざ、これで充分だ。ひとつ立件できればあとは芋蔓式《いもづるしき》に引き出せる。いや、絶対に引きずり出してやる。あの腐れタヌキもおまえも、二度と日の光の下歩けないようにしてやるから、そう思え」

功誠が投げたのは写真だった。一枚が春也の前にも落ち、そこに写っていたものに眉が寄る。

それは全裸の子どもだった。怯えた表情でカメラを見つめている。そこら中に散らばる悲しい子どもたちの姿。いったい何枚あるのか。

子どもたちに見られては、と春也はドアの外を見たが、そこに子どもたちの姿はなく、少しだけホッとする。

「あれ、これ……？」

春也は一枚の写真に目を留め、思わず声が出てしまった。写真の子どもを見て、心なしか青い顔の原口を見て、重苦しい気持ちになる。

　功誠がその写真を拾った。そこに写る子どもをじっと見つめて重い息を吐き出す。

「クソタヌキめ……」

　それはたぶん十歳くらいの原口だ。整った目鼻立ちの美少年。痩《や》せ具合が痛々しく、すがるような目をしてレンズを——ひいては写した人間を見つめている。

「これを……あの人が持っていたのか」

　ボソッと原口が呟いた。問いかけというより独り言のように。

「机の引き出しにな。用心しようという気もなかったのか、鍵もかかってなかった。しょっちゅう出しては眺めてたんだろうよ」

「見てた……ずっと……」

　放心したような原口の反応に功誠はすっと目を細めた。失言だったと思ったのかもしれない。

　だけど春也は、たぶん原口はずっと見られていたということが嫌なわけではないのだろうと思った。

　嫌いたくて嫌えず、憎みたくて憎みきれず……それがどんどんこの男を追いつめていったのだろう。

　たぶんきっと——愛されたかった——それだけなのかもしれない。

「鍵を出せ」

功誠は原口の前に手を差し出した。どこか焦点の定まらない目で原口は功誠を見上げる。

「春也の手錠の鍵だ。持ってんだろ」

原口は「ああ……」となんの抵抗も見せずにポケットから鍵を取り出した。

手足を解放されて、首輪も外してもらって、春也は擦り剝《む》けた手首をそっと握りしめて息をつく。功誠の上着は幸いなことに春也の腿《もも》の半ばあたりまであって、みっともないところを隠してくれた。

「ありがとう、功誠」

小さく笑ってみせれば功誠は溜《た》め息をついた。

「人の言うことなんて聞きゃしない……。言っておくが、俺はそうとう怒っている」

睨まれても、ホッとした気持ちが強くて口元が引き締められない。強張っていた筋肉が一気にほどけてしまって、どこもかしこも力が入らないのだ。

「ごめん、ごめんなさい。でもやっぱり、ありがとう」

かけてもらった上着の袷《あわせ》を握りしめ、ムスッとした功誠にもう一度礼を言う。

「感謝はガキどもにするんだな」

「そういえば、なんでおまえここに……」

「淳之《あつゆき》がこないだここに来た時、子どもたちに頼んでたらしい。春也になにかあったらここに電話しろって、俺の携帯番号を……」

「功誠の？」

そんな場合じゃないが、ちょっとだけ笑ってしまった。

「あいつは俺をなんだと思ってるんだか……。まあ、それはいいが。おまえがこのサド野郎に拉致《らち》られるのを子どものひとりが見てたらしくて、引きつった声で電話してきた。ハルちゃん先生が犯されちゃうってな」

「犯され――」

絶句してしまった。

「ここの子どもは悲しいくらい事態を正確に把握しちまってるんだな。このボイラー室は反省室っていうらしい。連れこまれたらどうなるのか、わかっていたんだろう」

胸が痛かった。犯されるなんて言葉が子どもの口から出てくるのだ。いったい……本当にどんな生活をしてきたのだろうか。ここは現代の日本なのか。

「自分がやられたから人にやっていいなんて理屈は通んねえんだよ。やり返すなら当人にやり返せ。春也に手を出したおまえを許す気はさらさらないが、行き先が病院かムショかくらいは選ばせてやってもいい。そこで独りになってじっくり考えるんだな。時間はたっぷり作ってやる」

功誠は原口に向かって言い、散らばった写真を拾い集めた。

原口もまた、犠牲になった子どもの中の一人なのだ。大人に翻弄《ほんろう》され続け、もう翻弄されなくてもいいのに囚われ続けている。出口のない迷路に迷い込んで、どうしていいのかわからず自分を傷つけ、他人を傷つける。過去に与えられた、たった一つの愛情のようなものに縛られている。

膝を抱えて小さくなっている原口が傷ついた小さい子どものように見えて、春也は思わずその頭に手を置いた。

ハッとしたように原口が顔を上げる。

「もっとよく周りを見て。いくらでも違う景色が見えるはずだから……。あなたを愛してくれる人は、過去じゃなくて未来にきっといる」

子どもに言うように言う。怒りは原口の顔を見ているうちに急速にしぼんでしまった。これが子どもに向かって行われたのであったなら、絶対に許さなかったはずだけど。

脇《わき》から伸びてきた功誠の手が、原口の頭に置かれた春也の手を奪い取る。

「なにしてんだ、おまえは」

呆《あき》れたような怒ったような顔で功誠は春也の腕を引き、原口から遠く引き離した。

「本当にあなたって……想像も及ばないくらいのバカですね……」

原口がボソッと言った。

自覚はあるが、何度も言われると少々傷つく。しかし自分をレイプしようとした人間の頭を撫《な》でるのは……客観的に確かにバカであろうと思えた。
そんな春也をじっと見て、原口がなにかを差し出した。キラッと光ったそれは小さな鍵だった。
「これって……書棚の鍵？」
「パスワードは……ニシキハラカズミ。綴《つづ》りくらいはわかるでしょう」
原口はいつもの高慢そうな冷たい顔で言った。
たぶんそれは原口の戸籍上の名前だ。園長の名字が錦原《にしきはら》。その姓を名乗らなかったのが
原口の「意地」で、それをパスワードにしたのは「思慕」だろうか……。
鍵は功誠が受け取った。原口はもうなにもかもどうでもいいといった感じで、功誠に敵意
を見せることもなかった。
「原口さん……もう一度訊《き》くけど、あなたは子どもには手を出してないですよね？」
「子どもなんかに興味はない。……いや、嫌いだ。見たくもない」
原口が宙を睨み据えて答える。
「それはあなた自身がまだ子どもだからでしょう。……俺はもう、なにに怒っていいんだか、
頭ん中がぐちゃぐちゃでわからないんだけど。でも、あなたがいつまでも成長しないのは、
他の誰かのせいだけじゃないと思う。ちゃんと大人になって、そして心から悪かったと反省
したら謝りに来てください。子どものしたことなら俺、たいがいのことは許せるから」

真剣に原口に向かって言葉を紡いだ。

原口は俯《うつむ》いたまま動かなかったが、功誠は春也の後頭部を平手で叩いた。

「い、痛……」

「おまえ、バカにもほどがあるぞ。謝りになんて来させるか！　許す気もない。盛れるだけの罪状を盛って強制的に反省させる。やっぱりムショでちょっと痛い目見させるか」

功誠は怒りも露《あら》わに言って、春也の腕をグイグイ引いて部屋を出た。

「功誠……弁護士って公明正大じゃあ……」

「そんなものはクソくらえだ。俺の一番大事なものに手を出したんだ。俺が相応と思うだけの報いを受けてもらう。合法的にな」

「……一番、大事……？」

そこにものすごく、ものすごく引っかかった。それがなにを指すのか。

自分のことじゃないかもしれない。いや、きっと違うだろう。この園のこととか、思い出とか、そういう……。

期待するなとブレーキをかける心を、追及しろとそそのかす声がする。

ぶち壊すなら自分自身で。ちゃんと向き合わないと歩き出せない——そうたった今、原口に説教したばかりだ。

腕を引きながら先を行く功誠はなにも言う気はなさそうで、春也は思いきって口を開く。

「あのさ、功誠。おまえの……いや、俺、俺の——俺の一番大事なものは功誠だから！」

功誠のそれを問うはずだったのに自分のそれを大声で告げる。

功誠の足がピタッと止まった。

自分がなにを言ったのか……それが告白だと気づいて、顔から耳からカーッと熱くなった。嫌な汗をかく。だけどもう、言い訳をつけくわえようとは思わなかった。

「春……」

功誠がなにか口を開こうとしたのだが、

「ハルちゃん先生！」

廊下の先から駆けてきた数人の子どもたちの声にかき消された。

「よかった、ハルちゃん先生、無事で……」

「よかったー、よかったー」

取り縋《すが》られて、泣きつかれて、自分のことはひとまず棚上げで子どもたちを宥《なだ》める。

先生方はこの事態に気づいていないのか、小学生が一人と中学生が二人いる他には誰もいなかった。ここは用がなければ誰も近づかないので、子どもたちが密《ひそ》かに動けばばれない可能性は高いが。

「トイレに行こうとしたら、廊下にハルちゃん先生が倒れてて、横に原口先生が立ってたの。どうしようって思ったら主任先生が来て、原口先生に命令されてハルちゃん先生を担いで歩き出しちゃって。恐かったけど跡をつけてみたら反省室なんだもん。ヤバイと思ってさ……。でも、主任先生がすぐにいなくなったから電話したけど、いたら恐くてできなかったかもしれない……」

中学生の少女は申し訳なさそうに事の概要を話してくれた。

こんなに怯えさせるほど、あの主任野郎は今まで子どもたちになにをしてきたのだろう。あいつと園長だけは絶対に許せない。

「ありがとう、電話してくれて。知恵《ちえ》ちゃんは俺の恩人だね」

春也が笑顔で言えば、普段はちょっとひねたところのある少女がホッとした顔で微笑《ほほえ》んだ。

「もう、みんなが恐がらなくてすむようにするからね。ここで安心して暮らせるように。先生と、この弁護士さんとで」

子どもたちは半信半疑という顔で、春也と功誠を代わる代わる見た。

功誠は関係ないとでもいうような顔をしていたけど。

「大丈夫だよ。この弁護士さんは昔から『星楓《せいふう》園の正義の味方』なんだから」

功誠の腕をとって子どもたちの前に突き出せば、子どもたちは羨望《せんぼう》の眼差《まなざ》しで功誠を見上げた。

春也も斜め後ろからその顔を見上げる。迷惑そうに歪《ゆが》めていた口の端が、まんざらでもないように少しだけ上がるのが見えて、胸の奥から温かい気持ちがこみあげてくる。

本当は後ろから抱きついて「好きだ！」と叫びたい気分だった。俺はこの人が好きなのだと、誰彼かまわず言って回りたい。

もちろん、そんなことができるわけもないけど……。

大声で言えなくても、報われなくても、それでも――世界中で一番功誠が好きな自分が嬉しかった。誇らしかった。一番大事な人は功誠だと言った言葉に偽りはない。

そばにいるとどんどん好きになる。そしてきっと、どんどん辛くなる。だけどぎりぎりまでそばにいたい。

どうにかして、頑張って――そばにいられる未来を摑めたらいい。

功誠のワイシャツの袖《そで》を気づかれないようにギュッと握りしめた。

◇◆◇

銀色に輝く朝の日差しがリビングに降り注いでいた。

どこのリビングかといえば、なぜか功誠のマンションのリビングだ。

春也はあれから子どもたちを部屋へ戻し、寮でシャワーを浴びて服を着替えた。そして事務所で功誠とともに証拠となるものを確保して回ったのだ。

原口はすっかりおとなしく、逃げる気はない、となにか吹っ切れたような顔で言った。最初は見ているだけだった事務所捜索に手を貸しはじめ、しまいには自ら証拠品を提出してきた。

「全部話す。どこででも証言する」

そう言った原口の声は静かで、今まで見たこともないくらい無垢《むく》な顔をしていた。

「おまえは原告にもなれるんだぞ」

伺うように言った功誠に対して、

「訴えませんよ、私は。訴えません……」

すべてを諦《あきら》めたような顔は、すべてを許したような顔で。それはとても穏やかな顔だった。

証拠品はパソコンデータが多かったため量はさほどでもなかったが、書類や写真なども合わせて段ボール箱二つ分くらいにはなった。それを功誠の車に運び入れ、春也は見送ろうとしたのだが、手伝えと強引にマンションまで拉致されてしまったのだ。元々今日は休みの日ではあったのだけれど。

着いた時にはもうすっかり朝で、功誠はそれからずっとパソコンに向かっている。手伝えと言ったわりに春也になにを指示するわけでもない。

指示されても、なにもできなかったかもしれないが。

春也は落ち込んでいた。ものすごく落ち込んでいた。レイプされかけたことより、もっとショックなことに。

「これ、直るかなあ」

ソファに座る春也の手には、メガネだったものがのっていた。黒い頑丈そうだったフレームが二カ所ほどパキッと折れ、レンズも外れている。再起不能は誰の目にもあきらかだ。

「買い直せばいいだろうが、メガネなんて。そもそも、なくちゃ見えないってほど必要不可欠なものじゃないだろ」

功誠は何度も繰り返されたやりとりにうんざりといった感じだった。

功誠の言うことはおおむね正しい。なくても日常生活に支障はないし、買い直すお金くらいは持っている。しかしだからといって、なくてもいい、なんてことにはならないのだ。

「これがいいの。これが……」

だだっ子のように言い張る春也を一瞥《いちべつ》して、功誠はバスルームに消えた。

シャワーを浴びて戻ってきた功誠は、グレーのボタンダウンシャツと黒のパンツという幾分くだけた姿だった。胸元を大きく開けているのがいつもとは違う雰囲気で。冷蔵庫から水を取り出し、飲む喉元《のどもと》がセクシーで春也はなんとなく目を逸《そ》らした。

「さて、そろそろ時間か。淳之ぼっちゃんはどう出るつもりなんだか」

テレビをつけた功誠が意味深なことを言ってソファの春也の横に座った。

「え、淳之が、なに？」

選んだ番組は朝の情報番組だった。ニュースに天気に芸能、ペット……なんでもかんでもこれでもかとばかりにてんこ盛りのかしましい番組。

その芸能コーナーに淳之が登場した。

次のクールから始まるドラマの番宣らしい。淳之はさわやかなブルーのTシャツ姿で、愛想笑いを振りまくでなく、主演女優と肩を並べている。

「えー、このドラマは家族愛がテーマなんですよね？　ＪＵＮくん演じる適当に生きてきた今時の若者が、年上で子持ちの女性と恋に落ち、本当の家庭を築いていく、そんなストーリーだそうなんだけど。えーと、ＪＵＮくんに家族のことなんて訊いちゃっていいのかな」

司会者は淳之の生い立ちがシークレットになっていることに気を遣ってそう振った。

「いいですよ。……僕に親はいませんけど。でも、とても温かい場所で育ちました。家族は……血の繋がっていない兄弟がたくさんいます」

「え、それはどういう……」

淡々とした淳之以外、出演者はみんな困惑気味の顔をしていた。予定にないことだったのだろう。

春也も驚いた。親はいないと言いきった、淳之の強い瞳に。

功誠を見れば、無言でじっと画面を……淳之を見つめている。

「施設で育ったんです。僕がいた時はとてもいい施設だったんですが、最近行ってみたら、ちょっと大変なことになってるみたいで」

「大変って？」

「虐待、みたいなことが行われてるらしいんです。僕も詳しいことはわからないんですが、子どもたちがそれを訴えても、改善されたとかって収められてしまうらしくて。今、そこで頑張って生きている子どもたちも僕の大切な弟妹なんです。こんなところでこんなことを言うのは筋違いだとわかってるんですが……。どうか子どもたちを助けてほしい。子どもたちの声に真摯《しんし》に耳を傾けてほしい。僕の育った家を、前のような愛のある場所に戻してほしいんです」

スタジオがシンと静まりかえっているのがこちらにも伝わってくる。

淳之の顔は今までに見たどんな顔より大人で男前できれいだった。

淳之は誰も反応してくれないことに困惑したのか、困ったように小さく笑うと、再び口を開いた。

「家族愛に血の繋がりは関係ないってことを僕はよく知ってますから。今度のドラマは是非いろんな人に見てもらいたい。夫婦だって元は他人ですし、親子だって血より強い絆《きずな》ってあるはずですから」

そこから話はまたドラマのことに戻り、女優がありきたりなことを言ってコーナーは終わった。それからもてんこ盛りのスケジュールに圧《お》されて結局施設のことにはほとんど触れることなく番組は流れていった。

「淳之……超爆弾発言」

本当に驚いた。あんなに生い立ちを語ることを嫌っていたのに。あんな場所で言ってしまえばマスコミが食いつかないわけがない。嫌なことまで探られてしまうだろう。それは淳之が一番恐れていたことだ。

「昨夜、おまえを助け出してから一応あいつに電話したんだ。電話番号渡しといてくれてありがとうってな」

功誠は多分に嫌みのつもりだったのだろうが。

「そしたらあいつ……明日のテレビを見ろって、それだけ言って電話を切りやがった」

なにもかも覚悟の上での発言だったのだろう。生番組ならカットされてしまうことはない。子どもたちのために……。

「淳之に電話しなくちゃ」

「なんて？」

「ありがとうって。そして、よくやったって褒めてあげないと」

格好良かったと言ってあげたい。

「おまえは……どいつもこいつも甘やかしやがって」

功誠の声は無視して淳之に電話をかける。出られない状況なのか、留守電に切り替わってしまって淳之の声は聞けなかったが、伝えたい思いを声にこめて吹きこんだ。メールよりもきっと伝わるはず。

「春也」

不意に名を呼ばれてそちらを見れば、テレビを消した功誠が立ってこちらを見ていた。

均整のとれた長身。まだかすかに濡《ぬ》れている黒髪が朝日を反射している。少しくだけた格好の功誠は男の目から見ても色っぽく、鋭い瞳に真っ直ぐ見つめられると落ち着かない気分になる。

「えーと、これからいろいろ大変かもな。マスコミは騒ぐだろうし、いいことばかりは書かれないだろうし……子どもたちだけは護らないと。絶対」

ぺらぺらと一方的にしゃべり続ける。

「でも、世論を味方につけられれば強いよな。うやむやにはできなくなるし、行政だって動かざるをえなくなるだろうし」

「元よりうやむやにさせる気はないし、負ける気もない。ま、使えるものはなんでも使わせてもらうが」

功誠はソファの斜め横に置かれたリラックスチェアに腰掛けた。

「俺は、任された仕事は完璧《かんぺき》に遂行する。この先、おまえのすべきことはガキどもを護ることだけだ。というか、俺は最初からそれ以外をおまえに期待していない。おまえは聞いた記憶がないかもしれないが、俺は余計なことはするなと何度も言ったつもりだ」

浅く腰掛け前傾姿勢の功誠に睨まれて、引きつった笑顔を浮かべてみたが功誠の表情は変わらない。

「記憶は……あります」

反省を示すように頭を下げつつ言ってみる。

「まあ、最初からおまえが俺の言うことをきくとは思ってなかったが。よもやあんなに早く最悪の展開に持ちこむとは、おまえのバカは俺の予測を超えていた」

今日、何回目のバカだろうかと俯き加減のまま春也は考える。

功誠の問う意味がわからなくて顔を上げたが、次の瞬間、意味がわかってカッと顔が赤くなる。


「未遂、だよな？」

「み、未遂だよ！　服を切られただけで、別に、なにも……」

触られて体が反応しそうになったなんてことは、口が裂けても言えない。

功誠はひとつ息をついて口を開いた。

「おまえももう大人なんだから、自分がしでかしたことの責任は自分で負えるとわかってる。泣いて俺に助けを求めるなんてことはもうないってな」

「泣いてって……まさか小学生の時のこと言ってる？」

功誠はニヤッと笑って、しかしすぐに真顔に戻った。

「それでいいと思ってた。いや、そうならなきゃいけないと今でも思ってるが……」

「大丈夫だよ。俺、おまえがもし助けに来てくれなかったとしても、もちろん誰も責める気はなかったから」

子ども時代の自分が少しだけ羨《うらや》ましかった。確かあの後、功誠にしがみついてわんわん泣いたのだ。堰《せき》を切ったように、止まらなくて。

「俺の方がそれじゃ収まらなくなってんだよ……。おまえのことを護ってやる必要がないってことに苛《いら》ついてるんだ。おまえが俺の手を必要としてないことを認めたくなくて悪あがきばかりしている」

「功誠……？」

「おまえが余計なことばかりするから、俺はもう、のっぴきならないとこまで来ちまったんだ……」

独白のように呟いた。

どういう意味だと目で問えば、功誠は難しい顔のまま重い口を開いた。

「おまえのガキはかわいいんだろうなって思ってたんだよ」

ボソッと呟くように言う。

「は？」

「おまえにならきっと、幸せな家庭ってやつが築けるだろうと思ってた……」

「なに言ってんの？」

話が一気に変な方向に飛んだような気がするのだが。功誠はタバコに火をつけ、春也の反《はん》駁《ばく》は無視で話を続ける。

「おまえがつくる普通の家庭ってやつを、これでもけっこう楽しみにしてたんだよ、俺は……。俺には絶対無理だが、おまえにならきっとできるだろうって。独りで生きる覚悟はとうにできていたから、幸せな家庭でおまえが笑ってるのを遠くから眺めるのも悪くないと思ってた」

功誠の口元にかすかに笑みが浮かんだ。ちょっと疲れたような憂い顔にその笑みは強烈で。色気三倍増しの悩殺的な表情だった。

が、視覚では悩殺されても、言葉には抹殺される思いだった。

また結婚しろと言われるのだろうか。ふらふらしてるのは迷惑だ、と……。

「あのさ、俺にはたぶん、そういうのって当分無理だと思うよ、悪いけど」

功誠のそばで幸せな家庭をつくるなんて、当分どころか一生無理だろう。

「なぜだ？」

「なぜって……」

一番大事という言葉では伝わっていなかったのだろうか。

「おまえ、女にもてるだろう。俺と違って、家庭的な女に」

断定口調で言われ、胸の奥がモヤモヤする。そんなに結婚させたいのか、と。そして、おまえは家庭的じゃない女にもてるわけかと、いらぬ嫉妬《しっと》までかきたてられる。なにか言い返そうとしたのだが、功誠の方が先に口を開いた。

「おまえは人の気も知らないで、ガキの頃から結婚する、親父になるってしつこくて……。高校になって一人部屋もらって、俺はホッとしたんだよ。おまえのことぶん殴って泣かせずにすんだと思って」

「ぶ、ぶん殴りたかったのか……？」

「俺はけっこうガキの頃から、感情的にはならない自信があった。だけどなぜか、おまえのそばにいるとそれが揺らぐ。おまえがバカなことをするたび、俺は感情を抑えられなくなる」

言いながら功誠はイライラしたようにタバコをもみ消した。

「教師は辞めるし、ガキのために俺に抱かれるなんて言うし、引っ越しの連絡はしてこない。こんな怪我《けが》までしやがって……」

立ち上がった功誠は、春也の頬に手を伸ばしてそこにある擦り傷に触れた。

消毒して薬は塗ったけど、たいしたことないのでそのままにしている傷。だから過敏になっているということでもないだろうが、触れられた瞬間、ビクンと体が跳ねた。

「しまいにはあんな男にあんな姿を――」

思わずその手から逃げるように体を引けば、背中がソファの背もたれに当たる。と、その背もたれに功誠が手をついた。それは春也の退路を断つように両肩のすぐ横。ハッと顔を上げれば間近に功誠の顔があって身動きがとれなくなる。

「男にああいうことされるのも慣れてる、なんて言うなよ」

「なっ!? 言うわけないだろ！」

間近にある顔を睨みつける。

「それはよかった」

感情のこもっていない、見事な棒読みだ。

「でも、男に抱かれるのは慣れてる。そうなんだよな？」

「え……それは」

肯定も否定もできなかった。嘘《うそ》はよくないと思うけど、今さら初めてでしたと告白することに意味があるとも思えない。気恥ずかしさと罪悪感といろんなものがない交ぜになって口ごもれば、功誠が苛立《いらだ》ったように口を開いた。

「独占欲に理性を食いちぎられるとは思ってもなかった。自分の感情を宥めるので精いっぱいで、電話の受け答えすらまともにできない自分が情けなくて、苛ついて」

功誠の苦しそうな表情というのは見たことがなかった。感情はそれが大きいほど顔には出さない男だから。背もたれを握りしめる指先が白くなっている。

「なんとか自分に折り合いをつけて会いに来れば、頭ん中沸騰するようなシーンばかり見せられるし。俺が一番大事なんて、引き金引くようなこと言うし。おまえが悪いんだぞ。俺から大人の分別を奪って、欲しいおもちゃを力ずくで手に入れるガキ以下にした。……あんな顔で俺に抱かれたおまえが悪い」

ソファに片膝を乗り上げ、背中に両腕が回されて潰すような勢いで抱きしめられた。髪に口づけられ、熱い吐息を感じて、なにがなんだかわからなくなる。

——あんな顔で、抱かれた、おまえが……って。

一拍遅れてカーッと全身が熱くなった。

恥ずかしくて居たたまれなくて、そしてなぜだか恐くて……押しのけるように功誠の胸に手のひらをつく。しかしそれに力を入れる前に功誠が体を傾け、ソファの上に横倒しにされた。

「諦めろ。俺には止め方がわからない。我慢は得意だが、それを食いちぎった感情なんて初めてで、もうどうにもならない――」

唇が降ってきた。それは功誠のものとも思えない熱さで、激しさで、余裕のなさで……。

春也はただ呆然《ぼうぜん》とそれを受けとめる。ちっとも働かない脳で考えるよりも、唇から伝わるものの方が確かな気がした。

――諦めろ、というのは、つまり……諦めなくていいということだろうか。ずっとこうして功誠の腕の中にいてもいいということなのだろうか。功誠を……抱きしめてもいいということなのだろうか？

そっとその背に腕を回せば唇が離れて不安になる。

「功誠……」

自分だけを映す黒い瞳。そこにある熱。再び唇が落ちてきて胸がいっぱいになった。

言葉で確認したくて……でもうまく言葉にできなくて。全身で問いかける。

――俺が好き？　俺が好き？　と……。

「おまえは俺がもらう。世界一幸せな家庭にだって、どんな極上の女にだって渡さない。もう渡せない――」

背中をすくい上げるようにしてきつく抱きしめられた。大きな手が後頭部を一摑みにし、顔が胸に押しつけられて窒息しそうになる。

本当に窒息しそうだった。許容量を超えた幸せに胸が詰まって。

いつも、どんなに幸せだと思う時も、胸の奥にどうしても埋まらないなにかがあった。どんなに楽しくても、なにか満たされない。根無し草のふわふわした浮遊感。

それは永遠に埋められないものだと思っていた。結婚して、子供をつくって……そういう当たり前の幸せを手に入れない限り、いつまでもつきまとうのだと信じていた。

だけど今、それがスーッと消えていった。風の吹いていた隙間《すきま》がきれいにふさがり、温かいもので満たされていく。

「本当に……俺、おまえのそばにいていいの？　本当に、本当に？」

功誠の顔を見て何度も確認する。いちいち答えていた功誠が、きりがないと口元をほころばせ、その唇が落ちてくるまで、何度も。何度も。

「愛してる、なんて言葉を自分が使う日が来るとは思わなかったな。ずっと、なんて約束は今でもできないが」

唇を離した功誠が少し落ち着きを取り戻した声で言った。その手は落ち着きなく腰周辺の体のラインをなぞり、シャツの上から感じる場所を暴こうとしていたけど。

「こ、いう時は、嘘でもずっと……って言うもんだろ。契約違反で訴えたり、は、しない……からっ」

さざ波のような快感に声を詰まらせながら反論する。

愛なんて錯覚だ、まやかしだと、功誠の口から何度聞いたことだろう。それが、本気の恋を繰り返し、ついには自分を捨てていった母親から学んだ、唯一のことなのだと。

「永遠の愛なんて契約はそもそも認められない」

言葉は冷ややかなのに、吐息は熱い。

「結婚、は？」

「あんなのはただの便宜上の制度だ。法律だって永遠に継続させろなんて無茶は言ってない」

一時の夢も見させてくれない正直すぎる男。一時も現実から目を逸らせない悲しい男。

首筋に口づける功誠の頭をギュッと抱きしめた。

「俺は功誠が好き。ずっと好きだった。これからもずっと……死ぬまでそばにいる」

言っても信じてもらえないだろう言葉を春也はあえて口にする。

「俺は信じてるから。自分の強情さを。おまえが俺に嫌気が差しても、離れない。そばにいる」

フッと密着した首筋に吐息した功誠は、春也の両腕を摑んで身を離した。

「言質《げんち》、取ったからな」

そう言った功誠の笑顔はどうしようもなく優しく温かく、春也は幸福感に身悶えする思いだった。

「功誠……」

身を起こせば、功誠も上体を起こし足を絡め合うようにしてソファの上に向き合って座る。

「ん？」

真剣な顔の春也の腰に腕を回して、功誠が甘い表情で先を促《うなが》す。

「俺……おまえに抱きついてもいい？」

「は？　おまえ、さっきからさんざんやってると思うんだが」

「いいから！　いいって言えよ。俺が甘えたい時はいつでも甘えていいって言え」

功誠は、なにを言い出すんだか、という顔をしたけれど、

「好きにしろ。いくら甘えても俺はおまえを甘やかしてはやらないから。安心して全力で甘えればいい」

「わかった」

遠慮なく全身で功誠に抱きつく。

甘やかさないという言葉が嬉しかった。どんなに甘えても溺《おぼ》れなくてすむ。自制しなくて

もいいというのは、相当甘やかされてるんじゃないかって気がしないでもないけど。

功誠が立ち上がり、体の下に腕を入れられたと思ったら抱き上げられてしまった。いわゆるお姫様だっこだ。

「な、功誠！」

「暴れるな。腰をやったらどうする」

「だから降ろせよ。無茶するな」

「今さらだな。毎度ロビーで潰れてたおまえを俺がどうやってここに運んだと思ってる」

言われて初めてそれに思い当たる。

「おまえって、力持ち……」

「おかげさまで」

弁護士も体力勝負などとジムに通っていたのは知ってるが、まさかこのためなんてことは……。

居たたまれない気持ちで身を硬くしたまま、寝室に運ばれてベッドに放り出される。功誠がシャツを脱ぐのを見て、慌《あわ》てて自分の服に手をかけた。焦りすぎたせいで、ボタンを外すのを忘れ、首が抜けない。

「なにやってんだ、おまえは……」

功誠の呆れた声にシャツを戻し、ボタンに手をかけようとしたが、功誠が先に手を出して

きた。互いに下は穿《は》いたまま、ベッドの上に向き合って座り、ボタンを一つずつ外される。

「おまえ、慣れてんの？　慣れてないの？　どっちなわけ」

当然の質問かもしれない。

「……慣れて、ない」

もう嘘も見栄《みえ》も必要ないだろう。愛想尽かされるのは嫌だけど、正直になりたい。

「おかしいとは思ってたが……。じゃあ、あのフェラのうまさは天然か？」

「うまかった？　俺。よかった、勉強したかいがあったよ。またしてやるな」

さっそく下半身に手を伸ばそうとして、止められる。

「勉強ってどうやって？　練習とかしたわけ？」

そこを突っ込まれるとかなり辛い。やってたことはかなり変態さんだという自覚がある。

しかし功誠は恐い顔で、じっと答えを待っている。

「本を買ってきて、こうするといいとか書いてあったのを真似《まね》して、こう……いいだろ、もうそれは」

「他の奴にやったわけじゃないんだな」

「やってないよっ！　無理だよ、そんなの」

「おまえ……本当にバカだな。初めてならもっと優しく抱いてやったのに。なんで慣れてるふりなんかした？　妬《や》かせたかったんなら大成功だが」

「妬いてくれるなんて夢にも思ってないよ。ただちょっと予習しとこうと思って、いろいろ読んだら、マグロは興ざめだとか、初めての相手は面倒だとか書いてあったから……」

「いったいどんな本を読んだんだ、おまえは。だいたい、参考書なんかいらないって言っただろう、俺が。覚えてるか？」

「大学受験の時の話？」

「そうだよ。わからないことは全部俺に訊けって、なんでも教えてやるって言っただろうが」

「同い年のくせになんでそんなに偉そうなんだか……」

実際、教えてもらって合格した身では堂々と抗議もできなくて、反論は尻《しり》すぼみになる。

「で、おまえはなにが知りたかったんだ？」

だいたい、あの時点で功誠に訊けるわけがないのだ。

「どうやったら、おまえにもう一度抱きたいと思ってもらえるか……」

なんてことは。

「そんな簡単なことか」

功誠はバカにしたように笑う。

「どう簡単なんだよ。俺は必死だったんだからな！」

笑われてムッとした。本当にあの時は真剣だったのだ。

「簡単だろ。一言言えばいいだけだ。抱いてって。ほら、言ってみろよ」

功誠はおもしろがるようにじっとこちらを見ながら、ベッドの上で微妙な間を置いて春也の言葉を待っている。

「どうした？」

たった一言がなかなか言えない春也に、功誠の方から歩み寄る気はないらしい。

「ベッドの中ではすごかったのにな。もっとしてって抱きついて……俺は目眩《めまい》がしたぜ」

その言葉に全身がカーッと熱くなる。俯いても、きっと耳まで真っ赤なのが見えている。

「ん？」

どうしたんだとからかうように覗き込まれて、なにかがプチッと切れた。

近づいた功誠の首に抱きつき、そのまま押し倒す。

「俺が抱いてやる！　フェラでクテクテの骨抜きにしてやるんだからなっ！」

スラックスに手をかけてボタンを外し、下着ごと引きずり下ろそうとした。

「春也！　……たく。忘れてたよ。追い込むととんでもない行動に出る奴だって」

くるりと上下を入れ替えると、功誠は宥めるようなキスを落としてきた。反論しようとすると、口づけは深くなって頭まで痺《しび》れるような舌の動きに酔わされ、朦朧《もうろう》とする。

「ん、んんっ……」

言おうとしていた言葉が全部功誠の中に吸い取られていく。

「功誠……」

唇を離された時にはそれ以外の言葉は浮かばなくなっていた。

キスひとつで落とされる自分を情けないと思う気持ちも生まれない。

心が繋がると個の境目が曖昧《あいまい》になるというか……今まで自分だけを包んでいた膜が二人一緒に包みこんでいるようで。膜の中は二人分の熱で温かく満たされる。

やっと……やっと独りではなくなった気がした——。

首筋へと唇を滑らせる功誠の背を春也はしっかり抱きしめた。

全身で功誠を感じとる。その唇が、指が、触れた場所からじわじわと快感が広がっていく。

「ん、あ……あんっ」

すぐに硬くなってしまった胸の粒を長い指が挟み、くりくりとこねられるとどうしようもなく声が溢《あふ》れた。反対の胸を湿った感触が覆う。

温もりは決して安堵《あんど》だけを連れてくるものではないことを思い出した。もっと淫《みだ》らではしたない自分を暴かれる。きれいなだけの行為でも、優しいだけの行為でもない。

にわかに緊張してしまう。どうしても功誠にだけは嫌われたくなくて……。

「功、誠……あの、こないだの俺、よかった？」

功誠は左の胸から顔を離し、右の胸の尖《とが》りを親指で押し潰した。

「ん、はぁっ」

「こないだって、おまえが大嘘ついて抱かれたやつか？」

胸を弄《いじ》りながらの問いかけに、ただただ頷《うなず》く。

「悪かったとは言わないけど？」

よくもなかったということだろうか。それではどうしていいのかわからないじゃないか。

「おまえ、余計なこと考えてるだろ。……おまえはなにも考えるな。無駄に頑張るな。素直に感じてりゃいいんだよ」

功誠の手が下に伸びる。胸を吸い上げつつ、ジーンズを穿いたままの内股《うちまた》のあたりをゆっくりと撫で上げ、その手が敏感な部分をかすめた。

「あ、ヤ、だ……」

じれったい刺激に思考が溶け始める。余計なこと、が考えられなくなる。

背筋を、脇腹を撫でられ、体中にキスを落とされるのに、肝心な部分だけはぐらかされ続けて、余計にそこばかりを意識してしまう。

「もう、キツ……」

ジーンズの前はもうはち切れそうで。功誠から手を離し、自分で自分を解放しようとする。

「おいおい、俺の楽しみをとるなよ」

功誠は楽しそうに言って春也の手を止めた。

「だって、もう……」

「どうしてほしいんだ？　ちゃんと言えたら、してやる」

甘い笑みは色っぽく、きつく押し込められている部分がドクンと脈打ち、春也は痛みに顔をしかめる。

「も、ヤだ……離せ」

功誠の手を振り解《ほど》いて自分でしようとするが、両手首を取られ強い力でシーツに縫い留められた。

「ダメだ、言ってみろ。ここを、どうしてほしい？」

手の動きを封じてる手の代わりに、膝で股間をやんわり刺激する。

「は、うっ」

逃げ出したくて、だだっ子のように身を捩らせるが、それすらも刺激になってきつくて辛くてたまらなくなる。

涙目で功誠を見上げた。じっと見下ろしてくる黒い瞳から笑みは消え、代わりにケモノのような鋭さがあった。眉根が寄せられているのは、意地を張り続ける春也に怒っているのだろうか。

春也はなにより、功誠に嫌われるのが一番恐い。愛される自信なんてからっきしだ。

「功誠……」

どう言えばいいのか。逡巡《しゅんじゅん》する。

「し、して？」

一番無難な言葉を選んだつもりだが、なんだかとっても直截《ちょくせつ》だった気がする。

功誠がさらにきつく眉を寄せた。

「ああ、くそ！」

片手で頭を抱えるようにして功誠は吐き捨てた。

春也の体がビクッと強張る。

「……こんな……たった一言で。甘すぎるだろ、俺……」

功誠の手がへそから下腹を伝ってさらに下に滑る。硬い布地の上から数度そこを撫で、ファスナーを下ろした。

「あ……」

わずかな解放感にホッと息をつく。

下着の上から形をなぞるように指を這わされ、すでに硬くなっていたものは柔らかな布地を押し上げた。

「濡れてるな……」

耳元で囁《ささや》かれ、口の代わりに股間のモノがピクッと跳ねて功誠の手に応えを返す。

恥ずかしさに身悶えしそうだ。顔を背けてギュッと目を瞑《つむ》る。

下着ごとジーンズを脱がされ、ハッと目を開ければ、功誠もスラックスを脱ぎ落としたところだった。

しっかりと重量感のありそうなモノが重力に逆らって首をもたげている。

「素直になればいいんだよ。俺だってこんななんだから」

覆い被さってきた功誠は耳をついばむようにして囁いた。

功誠の指が春也自身に絡みつき、絞るように上下する手の動きに春也の意識はあっさり陥落する。

「あ、はあ……ん、んんっ」

功誠の手の動きとともに漏れてしまう声は、自分のものとも思えぬ艶《なま》めかしさで。恥ずかしさに取り戻しそうになる理性を、功誠の指の動きが蹴散《けち》らしていく。

胸の粒は痛いほどにしこっていた。

それをキュッと吸われて、ピクッと体が跳ねた。下半身も直結で反応する。

「あんっ、あ、あぁ……」

「春也……手がいい？　口がいい？」

「な、なに？」

脳が正常に働いていない。感覚だけを追っている。

「これ。手でしてほしいか、口でしてほしいかって訊いてるんだよ」

股間のモノを握りしめられ理解する。

「え、え……」

どうしてこういう意地の悪い質問ばかりするのか。

「そういう顔されると、もっと困らせて、もっと泣かせたくなるんだよ。泣きぼくろってのは、こういう時に威力を発揮するな」

左の目元に唇が触れ、そこをペロッと舐められる。

「今日はフルコースでいくか。時間はたっぷりある」

その言葉に体の火照《ほて》りが幾分引いたような、さらに熱くなったような……。たっぷりって、いったいいつまでのことを言っているのか。

「や、あの、手で、してくれたら……」

思いきって恥ずかしい要望を口にする。

「フルコースは嫌？」

イタズラな顔で功誠が訊いてくる。その顔はとても楽しそうで。それがなんだか恐い。

春也は小さく頷いた。

「あ、そ。じゃあ決まりだな」

そう言って功誠はなぜか口を下に持っていくのだ。

「え、功誠!?」

先端に口づけられ、その唇がスルッと幹を呑みこむ。功誠の口の中に自分のモノが消え、同時に温かい濡れた感触に包みこまれた。

「ヤ、あっ、イヤだって……っ」

要望を呑んでくれたのではなかったのか？

功誠の頭を手で押しのけようとする。

「おまえの嘘のおかげで俺は、他の男に抱かれてるおまえなんて、最低なもんを想像させられたんだ。精神的慰謝料、体で払ってもらわないとな」

口を離して手でしごきながら、功誠はそんなことを言った。恐ろしげなことを言うわりに、その顔は怒ってるふうではなくて。なんだか楽しそうで。

「なんだよ、それ……。嘘、は悪かった、けどおまえなんて、いっぱい、こゆこと、をっ……あんっ」

指の腹でしごきながら先端を強く吸引する。割れ目を舌に撫でられ、電気ショックが背筋から脳天まで駆け上がった。

「したな、確かに。性欲の処理は」

舐めながらしゃべるのはやめてほしい。

「今おまえにしてることと、他の奴にしたこと、俺の中ではまったく別物だが、おまえが同列だと言うなら、俺も慰謝料払ってやるよ」

「ず、ずるい……」

煙《けむ》に巻かれているのはわかるのだが、その言葉のどこをどう突っ込んでいいのかわからない。

困った顔の春也を見て、功誠はニヤリと笑う。

そしてまた春也の中心を口に含んだ。指で根元を締め、巧みな舌技を披露する。

「ん、ん、ああ……ヤぁ……」

甘ったれた自分の声。際限なしに功誠に溺れていきそうで。

「も、イきそ……」

功誠は敏感な肉の棒を舐め回すことをやめなかったが、根元を締める指に力を入れた。

「あ、なにすっ、も……ダメだって！」

奔流を塞《せ》き止められて、行き場を失ったものが体の中で暴れ始める。

敏感な部分を舌で執拗に刺激され、空いた手が内股や脇腹を緩慢に滑っていく。キュッと乳首をつねられて、体がビクビクッと震えた。

全身が痺れて、もうどこにも逃げ場がない。

「ヤ、イヤ……、こうせ……イかせて、もうイかせてよぅ……っ」

すすり泣くように懇願する。

「しょうがないな、今日は」

言って功誠は指の力を緩め、その指を上下に滑らせる。出口を見つけた奔流が一気にそこに集中する。

「あ、あ、ああ――っ」

あっけないほど簡単に逐情してしまう。

功誠はそれでも指の動きを止めず、先端を親指でグリグリと押した。

「はっん――」

吐精したばかりの敏感な部分への刺激に息が詰まる。

功誠は体勢を入れ替え、春也を座らせて背後から抱きしめて足を大きく開かせた。その中心は絶え間なくもてあそばれ、すでに硬さを取り戻しつつあった。

そして功誠のビンビンに力を蓄えたモノは春也の腰に当たっている。

「功誠、俺、してやるから」

背後に手を回してそれを握る。太さと硬度はもう限界なのでは、と思えた。

しかし功誠はその手を外させ、なぜか春也自身を握らせる。

「え？」

その上から手を添え、動かし始める。

「あ、はぁ……もう俺は、いいって」

功誠は無視して手を動かし、春也の腰に己のモノを押しつけた。お尻の割れ目にその太いモノの先が潜りこみ擦られる。

「うっ……春、也……」

艶めかしい声が耳の後ろで溶ける。

「たまんねーな、おまえの背中……首筋……きれいだ」

うなじをぺろりと舐められて、後ろと前と、上と下の刺激にこちらがたまらなくなる。

「……功誠、して、いいよ。入れて、いい……」

思わず口走っていた。

功誠を気持ちよくさせたい、その一心で。

「春也……」

功誠は前を擦っていた指を奥のすぼまりへと伸ばした。ひだを撫《な》でられるとヒクッとそこが引きつる。

「んっ……」

いつの間に用意されたものか、功誠の指にトロッと透明の液体が垂らされ、それが後ろに塗りつけられた。ゆっくりと揉《も》まれて解《ほぐ》され、挿入した指がクチュクチュと嫌な音を立て中をかき乱す。

「は、ああっ」

春也はしっかりと自分のモノを握りしめていた。しかしその手を動かすことはできず、全神経は後ろの功誠の動きに注がれている。

「春也……」

功誠がまたうなじに口づけ、反対の手で胸元をまさぐる。尖った部分に当たるとそこをつ

まみ、下に潜らせた指はしだいに大胆に動き始める。

「あ、あ、あああんっ」

感じるスポットを強く押され、自分でも驚くような声が出た。しかしそれを恥じ入る間もなくそこを刺激され続け、のけぞった体を功誠にしっかりと抱きとめられる。

「もう、あ、功誠……」

またイッてしまいそうだ。

「春也……俺のだ。……もう全部」

功誠は指を抜くと春也の体をベッドに倒す。大きく開いたままの足の間に自分の体を入れ、両足を持ち上げた。

指が再び沈められ広げられる。そして前をゆっくりとしごかれて、春也は嫌々をするように身を捩った。

「あ、もういい、から……き、きて……」

これ以上されたら、また自分だけイッてしまいそうなのだ。

「本当、おまえは……俺に余裕をなくさせる天才、だな」

大きなものがグイッと押しつけられ、一気に侵入してきた。

「くうっ——」

ギュッとそこに力が入る。締め出すような動きは意志とは関係ない反射的なものだ。

「春也……ゆっくり息をしろ。俺は、おまえを傷つけるようなことはしない」

しっかりと瞑っていた目を開ければ、少し潤んだような色っぽく優しい瞳に魅入られる。

信じろ、というように目を細められて、自然に体から力が抜けた。

今度はゆっくり入ってくる。功誠が中に入ってくる。

「功誠……っ」

見上げれば功誠が優しく笑って、親指で春也の目尻《めじり》を拭った。

「大丈夫か？」

静かな問いに頷く。

涙がこぼれるのは生理的なものだ。痛みがないわけではないけれど、それを補ってあまりあるなにかがあった。体の芯《しん》から痺れるような……快感というより幸福感に近いかもしれない。

「動いて、いいよ……。功誠が気持ちいい、ように……」

精いっぱい訴える。

功誠が気持ちよくなってくれれば嬉しい。自分にそれができるなら。

「おまえはいつも考え違いをしている……俺の気持ちよさは、おまえの犠牲の上になんかない……」

功誠は春也の萎《な》えかけたモノを掴んだ。しごかれてまたそこに熱が集まり始める。

「だって、俺、イッた、から……」

「おまえのいい顔が俺を気持ちよくするんだ……もっとどん欲に、なれ」

功誠が腰を動かすと、それがダイレクトに体の中に響いた。痺れる快感が、前から後ろから全身に広がる。

「ん……あ、イイ……」

熱に浮かされたように言葉がこぼれた。

「もっと……だろ？」

功誠が含み笑いで腰を揺らす。

「うん……もっと、して。もっと欲しい。……こ、せーが、欲しい！」

抱きしめられ、一緒に体を揺らしながら思ったままを口にする。

ずっとこうしてしがみつきたかった。こうして包まれていたかった。存在を丸ごと受け入れてほしかった。

「功誠、好き……大好きだ……」

自然に口をついて出た。

「ああ、俺もだ」

低く抑えた声はしっかりと春也の耳に届いた。胸が鳴り、包みこんだ功誠をキュッと締めつける。

ここに居場所がある。この腕の中に。

「春也……」

好きな人のいい顔は確かに気持ちいい。感じる。

「もっと、もっとぉ……！」

どん欲に二人の時間は過ぎていった。

「おまえって実は恐ろしいほどタフだよな……」

功誠の部屋のリビングで、リラックスチェアに腰掛けて一服していた功誠は、深々と溜め息をついた。

「え、そう？」

春也はソファに座ってコーヒーを飲んでいた。

室内は午後の光に満たされている。

「よもやあの後、帰ると言い出すとは、さすがの俺も予想できなかった」

あの後とは当然あの後で。今日を遡《さかのぼ》ること一週間前の、初めて想いを確かめ合った後のこと。朝っぱらからどん欲に求め合って一眠りした夕方、春也は園に戻ると起き上がったのだ。

足腰はかなり辛い状態だったが、どうしても子どもたちが気になったから。

「俺はそのうち、禁句を発しそうな気がするぜ」

「禁句？」

◇◆◇

「俺とガキどもとどっちが大事？　てな」

「うっわ、聞いてみたい、それー」

春也はケラケラと笑う。

「じゃあさ、俺も言っていい？」

「なにを？」

「あんまり悪い人の味方はしないでほしいなーって」

余計なお世話だと言われるのは覚悟していたのだが、功誠はちょっと困った顔をして口を開いた。

「ああいう案件は、ほとんど俺が昨年まで世話になってた事務所のボス弁が引き受けてたものだ。腕はよかったし、歯に衣《きぬ》着せぬ物言いが気に入っていたんだが、金に汚《きたね》えじじいでな。そのじいさんが死んだんで唯一の居候だった俺が引き継いだんだ。天涯孤独だって聞いてたのに、死ぬ直前になって自分には子どもがいるとか言いだして。その子は正真正銘の天涯孤独になったわけだが……ま、それが難病でじいさんは金が必要だったってオチだ」

「オチっておまえ……大丈夫なのかよ、そのお子さんは」

「大丈夫だよ。おまえが心配することっちゃない。絶対会わせないからな。会わせたら最後、とんでもないことを言い出しそうな気がする」

「……小さい子なのか？」

「じじいは六十五だったのに、ガキは十歳って謎《なぞ》だよな……って、会わせねえからな。まだ園の方だって完全には片づいちゃいないんだ」

春也が監禁された翌日、淳之が爆弾発言をかましてから一週間。それは本当に怒濤《どとう》の一週間だった。

マスコミが一斉に飛びつき、騒ぎ立て、加熱した世論に行政が反応し、あっという間に園長は解任に追い込まれようとしている。

悲惨な虐待の実態は今もまだ次から次に発掘されている。近く傷害で園長、主任他数人の職員が逮捕されるはずだ。社会的にはすでに抹殺されつつあるが、同情する気など少しも湧《わ》いてこない。

措置費の不正流用についても、功誠がすばやく証拠をまとめ上げ、まずは業務上横領を告発した。罪状てんこ盛りと言った言葉どおりに贈収賄などの証拠固めも進めているらしい。園長やその弁護士は抵抗しているが、原口がすべてを認めているので逃れることはできないだろう。

「ハールー、いるー？」

そこに陽気に入ってきたのはサトシだった。後ろから淳之も顔を見せる。

「ここは俺の家だ」

功誠は不機嫌そうに言った。

「あんたの家だから、あんたがいるのはわかりきってるでしょ。さっきインターフォンでも話したんだからさー」

「春也がいるから来たんだろうが」

「いやねえ、拗《す》ねてるのかしら、この子は。あんたの顔もちゃんと見に来てやったわよ。どれくらいヤニ下がってるかをね」

「この子って、おまえなあ……」

サトシは功誠が唯一、口で勝てない相手かもしれない。

「淳之、どう？　大変なんじゃない？」

淳之とサトシをソファに座らせ、春也は向かいに四角いスツールを持ってきて座り、淳之に問いかけた。

「まあね。でも、覚悟の上だし。なんかすごくすっきりしたよ。偏見ある人もいるけど、優しくなった人もいて。人を見る目の勉強にもなってる」

「事態がここまで急展開したのは淳之のおかげだよ。ありがとう」

改めて礼を言う。

「もうやめてってて、それ。俺はハルちゃんが頑張ってなかったら動かなかったよ。子どもたちのため、だけじゃ……。俺は自分が一番かわいいから。ハルちゃんに嫌われたくなくて動いたようなもん」

「俺が淳之を嫌いになることなんてないよ」

春也が笑顔を向ければ、淳之は唇を歪めて照れくさそうに笑った。

「ドラマも一回目の視聴率、すごかったらしいじゃない？」

「そうなんだよね。生で勝手なこと言うなって、すっげー怒られたんだけどさ。宣伝効果大だったって、あとで褒められた。なんだかな……」

淳之は納得いかないという顔をしたけれど、春也はその顔に今までになかった自信というかたくましさを感じていた。

「そうそう、私のところに園の職員をやってたお客さんがいて、その人に聞いたんだけど。この男、元職員の人から証言を取るのに、微笑み攻撃やったらしいのよ」

サトシが功誠を指さして言った。

「微笑み攻撃？」

「証言してください、お願いしますって、目を見て微笑むらしいのよ。卒園生の子にもやったっていうんだから！　自分の顔の使い方を知ってる、とんだタラシ野郎よ。こいつこそ本当の悪党だわ」

恐いわーなどとふざけてみせる。

春也は笑いながらも胸中なんだか複雑だった。功誠の笑顔は自分だってそうは見られないしろものなのに。

「てめーは人のことが言えるのか」

憮然《ぶぜん》とした功誠がサトシに反撃する。

「私⁉　私がなんだってのよ」

「おまえは逆に落とす時だけ真顔になるんだろうが。男顔に。有名だぜ、このあたりでは」

「私のは素直な感情が顔に表れてるだけ。狙《ねら》ってなんかないのっ！」

「どうだかな。悪党の称号は謹んで進呈するぜ。気をつけろよー、淳之」

「え、俺⁉」

突然振られた話題に淳之が目を丸くしている。その顔はいつもの末っ子の顔だった。

「なに言ってんの。私が狙うならハルでしょうよ。惚《ほう》けてるとさらっちゃうわよー」

サトシが春也に抱きつくが、功誠はまるで相手にする様子もない。

「でもさー、ハルちゃん絶対メガネしてた方がいいと思うよ、俺」

淳之が春也の顔をしみじみ見つめて言った。

「うん、作るつもりなんだけど、メガネ屋になかなか行く暇がなくて」

当然、壊れたメガネは修理不能で。園の近くのメガネ屋には気に入るメガネがなかったのだ。春也の気に入るメガネというのは、結局あのダサダサ黒縁メガネなのだが。

そこに功誠が小さな箱を持ち出した。春也に向かって差し出す。

「え、開けていいの？」

箱を開ければ中にはメガネケース。そしてその中に黒縁のメガネ。

「わ、おんなじだー！」

嬉々《きき》としてかける。重量感が多少違うようにも感じるが、視界は同じでとても落ち着く。

春也は嬉しくてフレームを何度も撫でた。

「今は簡単にオーダーメイドできるからな、メガネは。メガネの残骸《ざんがい》を持っていって同じものを作ってもらった。おじいちゃんにプレゼントですかー？　とか言われたぞ」

「確かにおじいちゃんメガネだよね。ハルちゃんがかけるからマシに見えるけど」

「ありがとう、功誠。これ、いくらだった？　お金払うよ」

「……まあ、おまえのためというより、俺のために買ったようなもんだから。金はいらねえ」

理由の部分は釈然としなかったけれど、功誠がくれるというのなら前のメガネよりも大事にできるような気がして、その言葉に甘えることにした。

「ありがとう、俺、一生大切に使う」

「一生はやめろ」

「ハルはやりそうで恐いわ」

春也だって、一生は無理かな、と思っている。でも言いたかったのだ。

人ができもしない約束をするのは、きっとそうしたいからだろう。

本当はメガネじゃなくて功誠のそばに一生いると言いたいのだ。

永遠なんて信じてなくても、永遠に一緒にいたいと願うから。

たとえ後に嘘になっても、その時の願いは真実。達成したい努力目標のようなものだ。

ひとしきりしゃべって、二人は帰っていった。

「春也……おまえの癖だよな、それって」

スツールに腰掛けてぼんやりしていたら、功誠がそう言ってタバコを燻《くゆ》らせた。

「え、なにが？　メガネを撫でること？」

「それもそうだが。もっと昔から。ボーッとしてる時はいつも玄関とか出入り口の方を見てる」

「え、ええ？　そうなの？」

そう言われてみれば、今もボーッとサトシたちの出て行ったドアの方を見つめていたかもしれない。しかしまったく無意識で、いつもと言われても全然ピンとこない。

「そう。ガキの頃《ころ》からいっつも。だから、待ってんのかなって思ってた」

「待ってる？　誰を？」

「親が迎えに来るの、待ってんのかって」

「なに言ってんの。うちの親は死んだんだよ。帰ってくるわけないじゃん。待ってないよ」

春也は呆れたように言い返す。功誠がそんなことを考えてるとは思いもしなかった。そんなことを思うほどずっと見られていたことにも気づかなかった。

「理性じゃどうにもならないのが癖ってもんだろ」

それは確かにそうかもしれないが。

「俺が、帰ってきてやるから……」

功誠がボソッと呟いた。

「え？」

「俺が帰ってきてやる。ドアを開けて、おまえが待ってるところに……」

言って功誠はリラックスチェアをくるっと回して春也に背を向けた。

それがどういう意味なのか、しばらく脳をフル稼動させる。答えに近づくにつれ、口元に抑えきれない笑みが浮かぶ。嬉しくて。少しばかり気恥ずかしくて。

「それじゃ、一緒に住まなきゃな……。でも通勤一時間は無理だよ」

現実的なことを言ってみる。

「そうだな、無理だな」

功誠も気恥ずかしいのか、言ったことを後悔しているのか、ぶっきらぼうにそう答えた。黒い背もたれの向こうに紫煙だけが見える。

「でも家族は一緒に住まなきゃだよね。うん、俺、頑張る」

「おまえは頑張らなくていい。ろくなことにならない」

功誠がくるりとこちらを向いて釘《くぎ》を刺す。

春也はその顔ににっこりと微笑み返した。

「頑張るよ、俺は。功誠とずーっと一緒にいるためにね」

努力目標は決まった。結果は死ぬ時にわかるだろう。

ずっと頑張れればいいなあと思う。

功誠は溜め息をついて立ち上がると、春也の前に来てメガネを外した。

「おまえがいい顔してりゃ、俺はそれでいいんだよ」

見下ろしてくる功誠の笑顔は艶めかしく、それだけで春也の体にスイッチが入ってしまう。

「先のことはともかく、今日は帰さないからな」

唇が落ちてきて、一分先のことさえ考えられなくなった。

永遠の誓いはメガネに預け、今はただ、今の幸せに身を委《ゆだ》ねた――。

あとがき

こんにちは、李丘那岐です。

「マイ・ガーディアン」お楽しみいただけたでしょうか？

児童養護施設で共に育った、子ども好きの先生と黒弁護士が、それぞれそれなりに一所懸命生きてきて、やっと神様にご褒美がもらえたのでした、というお話。……のはず。

まだ本文をお読みでない方は、お読みになったらわかりますので。合ってるかどうか確認してみてください（笑）。

ちなみに黒弁護士ってのは、黒い噂のある黒ずくめスタイルの弁護士、を略してみました。ええ、なんでも略する現代の風潮にのって……。いやいや、ただ単に面倒だっただけです。思いつきで生きてますんで、私。

このお話で書きたかったのは、黒いコートを着て颯爽と歩く、強くてカッコイイ攻め！でございました。黒弁護士が書きたかったんですね。それなら相方は、メガネをかけた「ザ・薄幸」みたいのがいいかなーっと。

なのに、なのに……。なんか違う気がする。

黒弁護士、ちゃんとカッコイイですか？　メガネくん、薄幸そうですか？

弁護士はともかく、メガネくんがなあ……。もっとイジイジちゃんのはずだったのに。ま、予定どおりにいかないのはいつものことなんですが。

今回は資料を読み込むたびに、眠気と格闘いたしました。

六法全書って、あれは日本語のふりをした暗号でしょ。重くさえなければ、睡眠のお供にお薦めしたいところです。わざとわかりにくいように書いてあるなんて話も聞きますが……。足りない脳みそをフル稼動させて、他の資料も読み込んで。それでも合ってるんだか間違ってるんだか、結局ようわかりませんでした。……くそー、誰のための法律なんじゃ！

と、まあ。愚痴りつつ先回りして言い訳を（笑）。法律ってムズカシイよ……。なにかお気づきの点がございましたら、遠慮なくご指摘ください。

そして、養護施設関係の資料では、脳みそ沸騰しそうにもなりました。怒りで。虐待、冷遇の話があまりにひどくてね……とても使えなかった。現実は小説よりハードなり、です。もちろん心温まる施設のお話もありましたけれども。

いろいろと考えさせられました。

板張りの上であっても、ほんの数時間でも安心して眠れれば幸せだと感じる人がいる。かと思えば、ふかふかの布団で好きなだけ寝られても不幸だと感じる人がいる。

「客観的な幸せ」なんてものは、世の中にはないんだなー、なんて。薄幸そうに見えるから不幸だなんてことはない。……ということは、メガネくんはこれでいいのか。そうか。

今の私の主観による幸せはというと、私の本を読んで一人でも多くの人が「おもしろかった」と思ってくれること、でございます。楽しい時間をみなさんにお届けできればよいのですが。

そして、イラストのやしきゆかり先生には幸せな時間をたくさんいただきました。イラストが送られてくるたび、私は幸せでございましたよ。ホーッと感嘆の溜め息をつきつつ、麗しいビジュアルを見つめる至福。腹黒野郎がもったいないくらい美形で……。こいつでなんか一本、とか血迷いそうになりました。ありがとうございました。

いつものことながら、いろんな方面にいろんなご迷惑、お手数をおかけして、この本はできあがりました。厚く御礼申し上げます。一人一人お名前をあげると枚数が足りませんので、思い当たる方、「ああ、私のことね」と受け取っておいてくださいませ(笑)。

……と、締めに入ろうとしたら、なんとあとがきは四ページだというお達しが。うを、一ページ増えましたよ。

ああ、どうしましょ。なにを書けば～、なにをひねり出せばいいんだか。

うーん、使えなかった裏設定とか書いてみますか。

ここからは本文を読んでから読みましょう。といっても、別にたいしたネタじゃありませんが。

功誠は高校生の時から年齢を偽って夜のバイトをしておりました。バーなんですが、そこにいたワケありの一流シェフが功誠を気に入って、いろいろと教えてくれたんですな。なので、功誠の料理の腕はプロ級。しかし春也は悲惨なまでの料理下手。高校時代、料理は当番制だったけれど、春也の番になるとみんな、サトシでさえもやんわり逃げをうち……功誠だけがボロクソに文句を言いながらも全部たいらげていた、とか。

あ、これで埋まりましたか（笑）。

いや〜、いろいろって功誠はなにを教わったんでしょうねえ……。と、思わせぶりな余韻を残しつつ、退散するといたします。

とりとめのない文章ですみません。最後までお読みいただき、ありがとうございました。

またいつか、なにかの作品でお目にかかりましょう。

二〇〇五年　秋桜よりも彼岸花が好きってヤバいですか……？　李丘那岐

✦初出　マイ・ガーディアン…………書き下ろし

李丘那岐先生、やしきゆかり先生へのお便り、本作品に関するご意見、ご感想などは
〒151-0051 東京都渋谷区千駄ヶ谷4-9-7
幻冬舎コミックス　ルチル文庫「マイ・ガーディアン」係
メールでお寄せいただく場合は、comics@gentosha.co.jp まで。

幻冬舎ルチル文庫
マイ・ガーディアン

2005年11月20日　第1刷発行

✦著者　李丘那岐　りおか なぎ

✦発行人　伊藤嘉彦

✦発行元　株式会社 幻冬舎コミックス
〒151-0051 東京都渋谷区千駄ヶ谷4-9-7
電話 03(5411)6431[編集]

✦発売元　株式会社 幻冬舎
〒151-0051 東京都渋谷区千駄ヶ谷4-9-7
電話 03(5411)6222[営業]
振替 00120-8-767643

✦印刷・製本所　中央精版印刷株式会社

✦検印廃止

ISBN4-344-80669-7　C0193　Printed in Japan

「幻冬舎ルチル文庫」

大好評発売中

「不機嫌なエゴイスト」

高岡ミズミ

イラスト▼蓮川 愛

友成洸は19歳。小学生の頃からカフェ「エスターテ」の常連で芦屋三兄弟とも仲がよい。特にサーフィンを教えてくれた次男の芦屋冬海に懐いていた。しかし8年前、冬海の親友だった洸の兄・輝が海で事故死したことから、冬海はサーフィンをやめてしまい、兄の死を悔いているからか、洸とも目を合わせてくれない。そんな冬海に想いを寄せる洸だったが……。

◎560円（本体価格533円）

「やさしく殺して、僕の心を。」

神奈木 智

イラスト▼金ひかる

自分の美貌を武器に生きてきた神崎菜央は、持ち前の性格が災いしてトラブルに巻き込まれがち。ある日、刺されそうになったところを助けてくれたエリート然とした男に引っかかりを感じながらもその場で別れるが、数ヵ月後、本当に刺された菜央を再びその男が助けてくれる。身体目当てか、と疑う菜央に「ガキは興味ない」と言い放つ男は、大手暴力団の幹部・室生龍壱で……!?

◎540円（本体価格514円）

発行●幻冬舎コミックス　発売●幻冬舎

「幻冬舎ルチル文庫」

大好評発売中

「君が誰の隣りにいても」

月上ひなこ

イラスト▼山田ユギ

江戸友禅の新鋭作家・日比野佑一のもとを偶然訪れたのは6年前に別れた恋人久生暁也。当時美術教師だった佑一は、新入生の暁也の強引なアプローチのすえ恋人になるが、彼の将来のため、結婚すると嘘をつき別れたのだ。真実を知らず佑一のことを恨む暁也は佑一のもとに通い始め、やがて同居することに。暁也への想いを抱いたまま別れた佑一は、ずっと暁也が好きだったが……。

◎540円（本体価格514円）

「スウィート・セレナーデ」

雪代鞠絵

イラスト▼樹要

将来を嘱望されたピアニスト・晴人は突如スランプに陥ってしまい、コンクールを棄権。それからはピアノに触れないまま自堕落な生活を送っていた。しかし、彼の前に突然現れた少年・睦月に「ユキちゃん」と違う名で呼ばれ、付きまとわれ始めてからは生活が一変する。睦月は、1年前に姿を消した恋人「優貴」と晴人を間違っているようだが……。

◎540円（本体価格514円）

発行●幻冬舎コミックス　発売●幻冬舎